우리 고전 다시 읽기

순오지

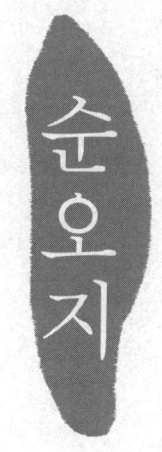

홍만종 지음
구인환(서울대 명예교수) 엮음

머리말

　수천년 동안 한 민족이 국가의 체제를 갖추어 연면한 역사와 전통을 계속해 왔다는 것은 인류 역사를 살펴봐도 그렇게 흔한 일이 아니다. 그리고 그 민족이 고유한 문자를 가지고 후세에 길이 전할 문헌을 남겼다는 것은 더욱 흔한 일이 아닐 것이다.
　이러한 면에서 볼 때 우리 한민족은 세계 어느 나라와 비교해도 손색없고, 자랑스러운 역사와 전통을 이어왔다. 우리 한민족은 5천 여 년의 기나긴 역사를 통하여 수많은 외세의 침략을 받아 백척간두의 국난을 겪으면서도 우리의 역사, 한민족 고유의 전통을 면면히 이어온 슬기로운 조상이 있었다. 이러한 까닭으로 오늘날 빛나는 민족의 문화 유산을 이어받은 것이다.
　고전 문학(古典文學)이란 실용성을 잃고도 여전히 존재할 만한 값어치가 있고, 시대와 사회는 변해도 항상 시대를 초월하여 혈연의 외침으로 우리의 공감대를 울려 주기에 충분한 문화적 유산이다. 그러므로 오늘을 사는 우리들은 조상의 얼이 담긴 옛

문헌을 잘 간직하여 먼 후손들에게까지 길이 이어주어야 할 사명감을 가져야 할 것이다.
　고전 문학, 특히 국문학(國文學)을 규정하는 기준이 국어요, 나라 글자라면 우리 민족의 생활 감정을 표현한 국문 작품이야말로 진정한 국문학이 된다 할 것이다.
　그러나 우리 고유 문자의 탄생은 오랜 민족 역사에 비해 훨씬 후대에 이루어졌다. 이 까닭으로 우리 민족은 일찍부터 외국의 문자, 즉 한자가 들어와서 사용했다. 이처럼 우리 선조들이 고유 문자가 없음을 한탄할 때에, 세종조에 와서 마침 인재를 얻어 훈민정음이 창제되었다. 하지만 여전히 한자가 독보적인 행세를 하여 이 땅에 화려한 꽃을 피웠다. 따라서 표현한 문자는 다를지언정 한자로 된 작품도 역시 우리 민족의 생활 감정을 나타낸 우리의 문학 작품이다. 이러한 귀결로 국·한문 작품을 '고전 문학'으로 묶어 함께 싣기로 했다.

우리 글이 창제된 이후에도 우리 선조들의 손으로 쓰여진 서책이 수만 권에 달한다. 그 가운데에서 국문학상 뛰어난 몇몇 작품을 선정하는 것은 물론 산재해 있는 문헌의 자료를 수집하기 위해 숨어 간직되어 있는 작품을 찾아내는 것도 여간 어려운 일이 아니었다. 그럼에도 이만한 성과를 거두고 이만한 고전 문학 작품을 추리는 것은 현재를 삼는 우리의 당연한 책임이자 의무이다. 다만 한정된 지면과 미처 찾아내지 못한 더 많은 작품이 실리지 못한 것이 아쉬울 따름이다.

엮은이 씀

차례

자서 · 13

서문 · 15

상권 · 18

하권 · 131

작품 해설 · 179

자서(自序)

　무오년(戊午年) 가을이다.
　내가 서호(西湖)에서 병 때문에 누웠으니, 낮에는 사람을 만날 수 없고, 밤이면 잠을 이루지 못하여 등불을 밝히고 앉았으나 역시 아무런 생각도 나지 않는다.
　그래서, 옛날에 들었던 글하는 사람들의 여러 가지 말과 민가에 전하는 속담 등을 기록하였고, 이것을 다른 사람을 시켜 한 권의 책을 만들고 보니, 일을 시작한 날로부터 글마친 날까지 겨우 15일이 소요되었다. 그래서 이 책의 이름을 《순오지(旬五志)》라고 한 것이다.
　대개 이 책의 내용은 내가 병중에 누워서 날이나 보내고 근심을 잊어버리고자 한 것뿐이요, 모든 대방가(大方家)[1]에게 보이려고 한 것은 아니다.

---

1) 학문·예술 등 모든 분야에 뛰어난 실력을 갖춘 사람.

이 책을 쓴 다음해 봄에 풍산후인(豊山后人) 현묵자(玄默子)는 쓴다.

서문(序文)

내가 일찍이 현묵자(玄默子) 홍우해(洪于海)[1]의 집에 놀러 갔다가 그가 간수한 책상자 속에서《순오지》라는 책 한 권을 발견하였다.

나는 처음에 그 제목만 보고 생각하기를, 이 글은 예전부터 있던 것을 내가 아직 보지 못하였던가 하고 의심하였다. 그러나 막상 책을 펴 놓고 보니 이것은 바로 우해(于海) 자신이 지은 것이었다.

우해는 소년 시절부터 도가(道家)의 방서(方書)[2]를 몹시 좋아하였다. 그러던 것이 마침 서호(西湖)로 귀양을 갔을 때 수양하는 여가에 여러 방면으로 우리 나라 역사와 예포총담(藝圃叢談)[3]·유선석(儒仙釋)[4]·사곡가(詞曲家)[5]의 글들을 취해 보고,

---

1) 이 책의 원저자인 홍만종. 우해는 그의 자.
2) 방술에 대해 적은 책. 여기서 방술은 장생불사의 선술을 말함.
3) 예술에 관한 여러 가지 이야기.
4) 유교·도교·불교.
5) 문장가·음악가.

또 이름난 사람의 별호와 시골 방언에 이르기까지 모두 널리 찾아보고 구비해서 기록해 놓았다.

  그 요지를 보면, 세상을 교화해 나가고 사람된 기강을 바로잡는 데 벗어나지 않았다. 또 간혹 그중에는 한두 가지 웃음의 말도 섞어서 보는 이를 웃기기도 하였으니, 이는 역시 옛날 한(漢)나라 때 사마천(司馬遷)[1]과 반고(班固)[2] 같은 이가 우전(優旃)[3]과 동방삭(東方朔)[4]의 사적을 기록한 것과 같은 점이 있다.

  아아! 우해의 이 뜻하는 바가 두 가지가 있을 수 없고, 또한 한 가지라고도 할 수 없는 것이다.

  저 깨끗한 정신을 가진 바탕과 남에게 뛰어난 회포로 나타나는 특이한 사상은 생각을 세상 밖으로 몰아나가고 높은 정경을 천하에 달려서 이 흐리고 어지러운 세상을 벗어난 듯한 기상이 있다. 또 이 글을 모으고 모아서 저술하는 데 있어서도 역시 착한 일은 높여 주고 악한 것은 낮게 여겨, 움직일 때마다 경계하는 마음을 두었으니 이는 실로 옛 사람의 저술하는 체통을 깊이 터득하였다고 하겠다.

  이것은 본래 옛일을 좋아하고 문장에 능하며, 또 의리에 밝은 자가 아니면 어찌 이 같은 저술을 할 수 있었으랴!

  다음으로 이 책 이름을 《순오지》라고 한 것은 이 책을 저술해서 기록한 시간이 꼭 15일 걸렸기 때문이다. 이것은 또한 《열자

---

1) 중국 한나라 때 사가. 자는 자장으로, 무제 때 태사령이 됨.《사기》130권을 저술.
2) 자는 맹견. 후한의 사학가 · 문학자. 20여 년《한서》를 저술하다가 완성하지 못한 채 옥사함. 저서에는《백호통》·《양도부》등이 있음.
3) 진(秦)나라 때 우스갯소리를 잘했던 배우.
4) 한나라 무제 때 사람으로, 자는 만청. 금마문시중의 벼슬을 했고, 태학과 웅변으로 이름을 날림. 전설에 의하면 서왕모의 복숭아를 훔쳐 먹어 죽지 않고, 삼천갑자를 살았다고 함.

(列子)》[5]에 순오이반(旬五而返)이란 뜻을 취한 것이다.

아아! 이 책은 비록 우리 우해가 듣고 본 그대로 주워 모았다고 할 망정 여기에 기록되어 있는 것은 모두 사실 아닌 것이 없다. 그런즉 뒷세상에 역사를 쓰는 사람이 난대(蘭臺)와 봉관(蓬觀)에 감추어 둔 서적을 빼고 본다면 장차 이 책을 취하지 않겠는가?

나는 이 책이 세상에 전할 만한 가치가 있다고 느꼈기 때문에 이 서문을 적어서 우해에게 주노라.

기미(己未)년 8월 20일에 백곡노인(栢谷老人) 김득신(金得臣)이 씀.

---

5) 중국 전국 시대의 사상가인 열구어가 지은 책.

상 권

　우리 나라는 편벽된 지역이다. 옛날에 구종이(九種夷)[1]가 있었는데 그들은 바위 틈을 집으로 삼고 풀잎으로 옷을 만들어 입으며 나무 열매로 식량을 삼았다. 그들에게 군장(君長)이 있기 시작한 것은 단군(檀君) 때 부터이다. 《위서(魏書)》[2]를 상고해 보면,
　'지금으로부터 2천년 전에 단군 왕검이란 이가 있었는데 그는 아사달(阿斯達)에 도읍을 정하고 나라 이름을 조선(朝鮮)이라 하였으니 이것은 곧 당요(唐堯)와 한 시대였다.'
고 써 있다. 또 동사(東史)를 상고해 보면,
　'천신(天神)이 태백산(太白山) 꼭대기 박달나무 밑에 내려왔는데, 마침 곰 한 마리가 그 천신에게 사람이 되게 해 달라고

---

1) 아홉 종류의 오랑캐를 말함.
2) 114권으로 된 북위의 정사. 위수라는 사람이 임금의 명을 받아 편찬했음. 《위서》는 위수가 자기의 주관에 따라 기록했다고 해서 잘못된 것이라는 비난을 받았음.

빌고 있었다. 이에 천신은 신령스러운 약을 주면서 먹으라고 하였다. 그 약을 받아 먹은 곰은 졸지에 여자로 변하였다. 이에 이 여자는 천신과 교합해서 아들 하나를 낳았으니 이가 곧 단군(檀君)이며, 이름을 왕검(王儉)이라 하였다. 당요(唐堯) 26년 무진(戊辰)에 평양에 도읍하여 비로소 조선이란 칭호를 썼다.'
고 하였다. 또 동사(東史)[3]에는 계속해 말하기를,

'단군은 비서갑(非西岬) 하백(河伯)의 딸을 취하여 아들을 낳았으니 그의 이름은 부루(扶婁)이다. 대우(大禹)[4]가 제후(諸侯)[5]들을 도산(塗山)[6]에 희합시킬 적에 단군은 그 아들 부루를 보내서 대우에게 조회하도록 하였고, 또 그 뒤에 다시 도읍을 백악으로 옮겼다.'
고 하였다. 계속하여 말하기를,

'주나라 무왕(武王)[7] 원년 기묘에 기자(箕子)[8]가 조선으로 오게 되자 단군은 당장경(唐藏京)으로 도읍을 옮겼다. 그 뒤에 아사달산으로 들어가서 산신이 되었는데 그는 1천 508년이나 수를 하였다. 그의 묘소는 강동현(江東縣) 서삼리(西三里)에 있는데 주위가 410척이나 된다.'
고 하였다. 이 글을 가지고 지리적으로 상고해 보면, 태백산은

---

3) 동국의 역사. 동사란 옛날 중국이 우리 나라의 역사를 가리킨 것임.
4) 하나라 우왕. 그는 중국 고대의 성인임.
5) 중국의 봉건 제도 밑에서 일정한 봉토를 가지고 그 안의 인민들을 지배하던 계급.
6) 중국 안휘성 안에 있는 산으로, 우 임금이 그곳에서 아내 도산씨를 맞이했다고 전함.
7) 주나라 초대 임금. 성은 희며, 이름은 발. 문왕의 아들. 아우인 주공과 힘을 합쳐 은나라 폭군 주왕을 토벌해서 천하를 통일한 뒤 태공망을 스승으로 모시고 선정을 베풀었음.
8) 중국 고대의 전설상의 인물. 은나라 주왕의 숙부, 기는 나라 이름임. 은나라가 멸망하자 기자조선의 시조가 되었다고 하지만 확실하지 않음. 미자·비간과 함께 은나라 삼인(三仁)으로 일컬음.

지금의 영변에 있는 묘향산인 듯싶고, 평양은 곧 지금의 서경(西京)인 듯싶으며, 백악은 오늘날의 구월산(九月山)인 듯싶다.

그러나, 혹은 말하기를, 이 구월산은 백천에 있다고 하고, 또 개성 동쪽 당장경이 구월산이라 하며, 혹은 아사달산을 구월산이라고도 한다 다만 비서갑(非西岬)은 어느 곳에 있는지 모른다는 것이다.

본조(本朝) 동명(東明) 정두경(鄭斗卿)[1]이 단군묘를 두고 지은 시에,

有聖生東海
于時並放勳
扶桑賓白日
壇木上靑雲
天地侯初建
山河氣不分
戊辰千歲壽
吾欲獻吾君

한 성인이 동쪽 바다에서 살았으니,
때는 방훈 시대와 같았네.
부상에는 태양이 떠오르고,
박달나무는 푸른 구름을 꿰뚫었다.
이 천지에 제후를 처음 세웠거니,

---

1) 조선 선조 때부터 현종 때의 문신. 동명은 그의 호이며, 두겸은 이름이고, 벼슬은 홍문관제학에 이르렀고, 풍시 20편을 지어 올려서 왕으로부터 호피를 하사받음.

산과 물은 아직 그 기운 나누지 않았네.
무진에 나서 천세를 살았으니,
내 이 임금께 헌수코자 하네.

하였다. 한편 우리 아버님께서도 단군에 대하여 시를 지은 것이 있다.

聞說鴻荒日
神人降樹邊
民推作君長
國號是朝鮮
平壤千餘載
唐藏百有年
一歸阿斯隱
非佛亦非仙

내 듣기에 천지가 시작하던 날,
신인이 박달나무 밑에 내려왔다네.
백성들 그를 임금으로 모시고,
나라 이름 조선이라 불렀네.
평양에서 천 여 년을 살았고,
당장에서 산 지도 백 년이 넘었네.
한번 돌아가 아사달산에 숨으니,
부처도 아니요 또한 신선도 아니었네.

대체로 제왕(帝王)이 장차 일어날 때에는 반드시 보통 사람보다 크게 이상한 점이 생기는 법이다. 옛날의 모든 역사에 나타난 것이 이것을 증명해 준다.

뇌택(雷澤)의 발자취를 따라갔더니 포희(庖義)를 낳았다고 하고, 무지개를 꿈에 보고 우순(虞舜)[1]을 낳았다고 한다. 곤석(崑石)이 터지자 하(夏)나라가 운수가 열렸고, 현조(玄鳥)가 내려오면서 상(商)나라가 시작되었다고도 한다. 황제(黃帝)[2]가 탄생할 때에는 번개빛이 문에 비쳤고, 전욱(顓頊)[3]을 기를 때는 구슬의 광채가 달에 비쳤다고 한다. 또한 한(漢)나라 고조(高祖)가 날 때에는 용이 못에서 교접을 하였고, 송(宋)나라 태조(太祖)가 날 때에는 향기가 방 안에 가득 찼다고도 한다.

이러한 사실들은 모두 역력히 들어서 말할 수가 있다. 더구나 이때에는 우리 동방으로서는 처음으로 나라가 시작된 때이며, 원기(元氣)가 아직 천지에 차지 못하였다고 봐야 옳을 것이다.

또 신라의 혁거세(赫居世)라든가, 고구려의 동명왕(東明王) 같은 이도 그들이 날 때에는 모두 이상한 일이 있었다는 전설이 있다. 그러나 이 단군으로 말하면, 우리 동방에 있어서의 생민(生民)의 시조(始祖)인 것이다. 그런 때문에 모든 옛 전기를 상고하고 나의 들은 것도 참작하여 여기에 그 시말을 적은 것이다.

우리 동방은 저 멀리 중국 요임금 시대로부터 나라를 세웠으

---

1) 중국 오제의 한 사람인 순 임금. 부모님께 대한 효성과 형제간의 우애가 깊어 만백성의 거울이 됨. 요 임금의 뒤를 이어 임금이 되었고 도읍을 포판에 정하고 선정을 베풀음. 요·순 시대는 태평한 세월을 누리는 본보기가 되었음.
2) 중국 고대의 임금. 성은 공손, 헌원의 언덕에서 출생했다고 해서 헌원씨라고 부름. 신농씨·복희씨와 함께 삼황이라고 불림.
3) 중국 고대 전설상의 임금. 황제의 손자. 고양씨라고 일컬음.

나 백성들의 풍속이 어리석고 비루해서 떳떳한 윤리를 알지 못하였다.

 그러던 것이 주나라 무왕(武王) 시대에 이르러 기자(箕子)가 동쪽으로 와서 예의를 가르치게 되자 비로소 문헌이 이룩되었으니 이것이 곧 후조선(後朝鮮)의 시초이다. 역사를 상고해 보면, 기자의 이름은 서여(胥餘)이며, 또는 수유(須臾)라고도 한다.

 주나라 무왕 원년 기묘(己卯)에 그는 중국 사람 5천 명을 거느리고 조선에 들어와서 왕검성에 도읍을 정하였다. 그가 처음 왔을 때에는 언어가 서로 통하지 못하였기 때문에 통역을 두고 말을 하였지만 점점 말이 통하게 되자 시서예악(詩書禮樂)과 군신·부자의 도리와 백공(百工)의 의무복서(醫巫卜筮)의 학술과 농사짓고 길쌈하는 여덟 가지 제도를 가르치니 3년이 못 되어 사람들이 모두 이 교화를 입어서 신의를 숭상하고 유교의 학술을 독실히 행해 나가게 되었다.

 이에 이웃 나라까지도 모두 그 예의를 사모하였고, 더욱이 한 층 친하고 서로 믿고 지내게 되니 대(代)마다 그 봉작을 받고 조공(朝貢)[4]이 끊어지지 않았다.

 그리하여 의관과 모든 예법의 제도까지도 모두 중국 것과 같았는데, 고려 숙종 때에 이르러 기자의 사당(祠堂)을 세웠으며, 아조(我朝)에 들어와서 세종께서도 기자의 비를 세우고 춘정(春亭) 변계량(卞季良)[5]을 시켜 비문을 짓게 한 일이 있다. 그 비문

---

4) 제후나 속국 들의 사신이 와서 임금에게 재물을 바치던 일.
5) 조선 시대의 문신. 춘정은 호이고 계량은 이름. 자는 거경. 20여 년 간 대제학을 지내는 동안 중국에 관한 글은 대개가 그의 손으로 이루어졌음. 문장과 시에 특히 뛰어났던 그는 기자묘의 비문, 헌릉지문 등 여러 가지 저술이 있음.

내용을 보면 대략 다음과 같다.

'옛날에 공자(孔子)[1]는 문왕[2]과 기자를 다 같이 주역(周易)[3]에 열거하였고, 또 그들을 삼인(三仁)이라 일컬었으니, 기자의 덕에 대해서는 이 이상 더 칭찬할 수가 없다. 생각해 보면, 옛날 우임금이 수토(水土)를 다스릴 때에 하늘은 홍범(洪範)[4]을 주어서 떳떳한 윤리와 질서를 마련하였던 것이다. 그러나 그 이야기가 우하(虞夏)의 책에는 한 곳도 나타난 데가 없더니, 그 뒤에 천 년이란 세월이 지나 기자 때 이르러 비로소 발견되었다. 그러고 보니, 만일 기자가 무왕을 위해서 저술해 주지 않았던들 낙서천인(洛書天人)[5]이란 학문을 후세 사람들이 어떻게 알 수가 있었으랴? 기자는 곧 무왕의 스승이었다. 무왕이 기자를 다른 나라에 봉하지 않고 우리 조선에 보내 준 까닭에 조선 사람들이 아침 저녁으로 그의 덕화를 친히 입게 된 것이다. 그리하여 군자(君子)는 대도(大道)의 요령을 얻어 듣게 되었고, 소인(小人)들은 지치(至治)의 혜택을 입게 되었으니, 이로써 그 풍화(風化)는 길에 흘린 물건이 있어도 주워 가는 자가 없게 되었던 것이다. 이것이 어찌 하늘이 우리 동방을 후하게 여겨 어진 임금을 보내어 백성들에게 은혜를 베풀도록 한 것이 아니겠느냐!'

---

1) 중국의 성인. 노나라 태생으로, 이름은 구, 자는 중니. 인·의·도로 3천 명의 제자를 가르쳤고, 시서를 강론함. 그의 언행을 적은 것으로 《논어》와 《공자가어》가 있음.
2) 주나라의 왕. 무왕의 아버지로 이름은 창. 서방의 제후들 중에 덕망이 높아 서백이란 칭호를 받음.
3) 주나라 시대에 문왕·주공·공자에 의해 대성된 역서.
4) 하나라 우왕 때 낙수에서 난 신구의 등에 나타났다는 9장의 글로, 천하를 다스리는 법이었다고 함.
5) 낙서란 하나라 우왕이 홍수를 다스릴 때 낙수에서 나온 신구의 등에 쒸어 있었다는 글로서 홍범의 원본이 됨.

역사를 상고해 보면, 기자의 묘소는 지금의 평양 북쪽 1리쯤 되는 곳에 있으며, 정전(井田)[6]은 외성(外城) 안에 있는데 그 경계를 해 놓은 자취가 지금까지도 완연하다고 한다. 또 세상에 전하기를,

'기자는 조선 풍속이 너무 강하고 모진 것을 보고 백성들로 하여금 버드나무를 심도록 장려하였다 하는데, 이것은 버드나무의 성질이 부드럽기 때문이다. 그런 까닭에 평양을 일명 유경(柳京)이라고도 부른다.'

하였다. 아아! 우리 동방에 예악문물(禮樂文物)이 중국과 비슷하여 지금까지 수천 년이 넘도록 예의지방(禮義之邦)으로 불리는 것은 실상은 8조(條)의 교화를 힘입어서 마치 별이나 해처럼 빛이 나게 된 때문이다. 유자후(柳子厚)가 이른바,

'도덕을 미루어 속세 사람들을 가르쳐서 오랑캐까지도 중국 사람으로 만들었다.'

는 말이 어찌 미덥지 않으랴?

세상에 전하기를 처음에 도선(導線)[7]이 당나라에 들어가서 일행(一行)에게 신술(神術)을 배웠다고 한다. 도선이 본국으로 돌아올 때 일행이 그에게 이른 말이다.

'듣자니 삼한(三韓)의 산수가 자기 나라를 등지고 밖으로 배치(背馳)된 곳이 많은 까닭에 탄환만한 조그만 땅인데도 삼한으로 나뉘어 있어서 병화(兵火)가 자주 일어나며, 또 여러 차례 변

---

6) 주나라 때 농지 1리(里)를 정 자 모양으로 9등분해서 중앙의 한 구역을 공전으로 하고, 주위의 9구역을 사전으로 해서 이것을 여덟 농가에 나누어 개인 소유로 맡기고, 이 여덟 집이 공동으로 공전을 경작하게 해서 그 수확을 나라에 바치게 했으니, 이를 경전이라고 했음.

7) 고려 건국 때, 태조 왕건을 도와 국사에까지 봉해졌다는 중.

란이 생기고 있으니, 그 이유는 산과 물의 혈맥이 조화되지 못한 때문이오. 내 장차 그대 삼한으로 하여금 태평한 나라를 만들고, 삼한 백성들로 하여금 태평한 백성이 되게 해줄 것이니 그대 나라 산수(山水)를 그림으로 그려 가지고 오오, 내 이런 말을 함부로 하는 것이 아니라 부처님의 자식으로서 차마 그대로 두고 볼 수가 없어서 그러는 것이오.'

도선이 이 말을 듣고 즉석에서 삼한의 산수를 그려서 일행에게 바쳤다. 일행은 이것을 보고 나서 다시 말한다.

'산천이 이와 같으니 마땅히 그럴 수밖에 없겠소.'

말하면서 일행은 그 그림에 3천 800곳의 점을 찍고 다시 말한다.

'사람이 급한 병이 있으면 그 혈맥을 찾아서 혹은 침도 놓고 혹은 뜸질도 해야만 병을 고칠 수 있는 것이오, 그렇게 하지 못하면 죽을 뿐이오.'

말을 끊었다가 일행은 다시 계속한다.

'그대 나라 푸른 나무 밑에 왕씨(王氏) 성을 가진 사람이 살고 있는데, 내년에 반드시 귀한 아들을 낳을 것이니, 그 아들은 장차 삼한을 통일할 주인공이 될 것이요, 그대는 고국에 돌아가거든 이 사람을 꼭 찾아보도록 하오.'

도선은 본국으로 돌아오자 곧 500곳에 절을 이룩하고 나서, 일행이 말한 대로 푸른 나무 밑에서 사는 사람을 모두 찾았다. 과연 푸른 나무 밑에는 왕륭(王隆)이란 사람이 살고 있었다. 왕륭은 이때 마침 자기가 살던 옛집 남쪽에 새로 터를 잡아서 집을 지으려 하고 있었다.

도선은 그를 보고 말한다.

'벼를 심을 전지(田地)에 왜 삼[麻]을 심으려 하시오?'

도선은 이렇게 한 마디하고는 그대로 가 버린다. 왕륭의 아내가 이 말을 듣고 남편에게 사실을 알렸다. 왕륭은 급한 걸음으로 도선의 뒤를 따라 만나니 도선과 처음 인사를 하였는데도 둘은 전부터 친하였던 친구와 다름이 없었다.

이에 그들 두 사람은 함께 곡령(鵠嶺)에 올라가 산수를 둘러보고 나자 도선이 말한다.

'이 땅의 혈맥이 백두산으로부터 수모목간(水母木幹)[1]을 좇아서 왔으니 가히 명당(明堂)[2]을 지을 만하오. 그대는 또한 수명(水命)을 타고났으니 마땅히 물의 흐름을 좇아서 집을 지어야 할 것이오. 또 집은 66·36으로, 36간 집을 지으면 천지의 큰 운수에 부합되어 명년이면 반드시 귀한 아들을 낳을 것이오. 그 아이의 이름은 반드시 건이라고 해야 좋을 것이오.'

왕륭은 이 말을 명심하여 도선이 시키는 대로 집을 짓고 살았다. 과연 그 달로부터 아내는 태기가 있어 후일의 태조(太祖)를 낳았던 것이다. 태조의 나이 17세 되었을 때 도선이 다시 찾아왔다.

도선은 태조를 청해 보고 말한다.

'그대는 106의 운수를 타고, 또 이름난 터에서 났으니 이 말세(末世)의 창생(蒼生)[3]들은 그대의 손으로 구제받기를 기다리고 있소.'

도선은 말을 마치고, 군사를 거느리고 진(陳)치는 법과, 천시

---

1) 본래의 바탕은 오행의 수(水)로 되어 있고, 줄거리는 목(木)으로 되어 있다는 말.
2) 임금이 정치에 대해 묻거나 나라의 제사를 지내던 곳.
3) 백성들을 말함. 백성의 많은 것이 마치 초목의 무성한 것과 같다는 데서 생긴 말.

(天時)[1]와 지리(地利)[2]에 대한 이치를 빠짐없이 가르쳐 주었다. 이때 태봉(泰封)[3]의 모든 장수들은 궁예(弓裔)의 어지러운 정치를 미워하던 터라, 왕건을 맞아 자기들의 임금으로 삼고 도선으로 국사(國師)[4]를 봉하였다.

　이리하여 마침내 삼한은 통일되어 고려의 큰 나라가 이룩되었다. 그런데 오늘날까지 곳곳에 있는 돌부처와 모든 사찰(寺刹)들은 대개 그 당시 도선이 세운 것들이다. 처음에는 도선이 송경(松京)에 도읍을 정할 때에 산천을 두루 돌아보고 말하기를,

　'이곳이 앞으로 800년은 이 나라의 운수를 지탱할 곳이니 축하할 일이로다.'

하였더니, 조금 있다가 동남쪽에 안개가 개이면서 한양의 삼각산(三角山)이 우뚝하게 넘어다 보이는 것이 아닌가? 도선은 이것을 바라보면서 스스로 탄식한다.

　'저 삼각산 봉우리가 진방(辰方)에 있어서 마치 도둑놈의 깃발처럼 되었으니 400년이 지나면 이 나라의 큰 운수는 장차 저 산 밑으로 옮겨 갈 것이로다.'

　이렇게 말하고 도선은 75마리의 돌개〔石犬〕를 만들어 진방을 향해 세워서, 마치 도둑놈을 지키는 형용을 만들어 놓았다.

---

1) 하늘의 도움을 받을 수 있는 시기. 주야 · 계절 · 한온 등과 같이 때를 따라 일어나는 자연의 현상.
2) 지형의 유리한 상태. 지키기 쉽고 편리한 지세.
3) 신라 말기 송악에서 궁예가 세운 나라. 철원으로 도읍을 옮겼다가 부하인 왕건에게 나라를 빼앗김.
4) 일국의 사표라는 말인데 여기서는 임금의 스승이란 뜻으로 쓰임. 임금에게 불교를 가르치던 중에게 주어진 칭호임.

그 뒤 고려는 과연 475년 만에 망해 버렸다. 그러나, 역사를 상고해 보건대, 일행은 당나라 중종(中宗) 시대에 낳은 사람이고, 도선이 왕륭을 찾아간 때는 당나라 희종(僖宗) 시대라 하였으니, 세대를 세밀히 따진다면 중종 때로부터 희종 때까지는 200년이 넘는다.

그렇다면 일행이 이때부터 살아 있었다는 말인지, 도선이 일행에게 신술(神術)을 배웠다는 말은 믿을 수 없는 말이다. 혹은 전하기를, 일행이란 신승(神僧)으로서 죽은 사적을 알 수가 없다고도 하니, 이것으로 미룬다면 그는 혹 자기의 생명을 늘여 가면서 세상을 살아가는 술법을 가졌기 때문에, 혹은 도선의 시대까지 살아 있을 수가 있었는지 알 수 없는 일이다.

우리 태조(太祖)[5]가 잠저(潛邸)[6]로 안변에 있을 때의 일이다. 어느날 태조는 꿈을 꾸었다. 꿈에 여러 집 닭이 일시에 울고, 자기는 허물어진 집으로 들어가더니 서까래 세 개를 등에 지고 그 집에서 빠져나왔다. 또 피었던 꽃이 지고, 자기가 가졌던 거울이 땅에 떨어져 놀라 깨었다.

태조는 꿈이 하도 이상해서 곁에 있는 한 노파에게 이것이 무슨 조짐인지 물어 보려고 하였다. 노파는 태조를 보고 말한다.

'아예 그 이야기를 함부로 하지 마시오. 대장부의 일을 이 하잘것없는 여인이 알 바가 아니올시다. 저 서쪽으로 설봉산(雪峰山)에 가면 토굴 속에 이상한 중 하나가 있을 것이니 그 중에게 물어 보도록 하시오.'

---

[5] 조선의 첫 임금인 이성계를 말함.
[6] 창업 임금이 아직 왕위에 오르기 전에 살던 집이나 그 동안을 가리킴.

태조는 즉시 노파가 시키는 대로 설봉산에 가서 보니 과연 이 상한 중이 있었다. 태조는 그에게 인사를 하고 물었다.
 '내가 의심나는 일이 있기로 한번 물어 보고자 해서 찾아왔소.'
 중은 대답한다.
 '소승이 무엇을 알겠습니까, 그 먼 길을 오시느라고 수고가 많으십니다.'
 태조가 다시 말하였다.
 '내가 지난밤에 꿈을 꾸었는데, 여러 집 닭이 일시에 울고, 나는 허물어진 집으로 들어가더니 서까래 세 개를 등에 지고서 그 집에서 빠져나왔소. 그리고 또 피었던 꽃이 지고, 내가 가졌던 거울이 떨어졌는데 하도 꿈이 이상해서 물으러 온 것이니 이것이 장차 무슨 징조가 되는 것인지 나를 위해서 해몽해 주오.'
 중은 태조의 말을 듣고나자 머리를 숙여 축하하면서 해몽을 한다.
 '여러 집 닭이 일시에 운 것은 고귀한 지위를 부르는 뜻이요, 서까래 세 개를 등에 지고 나온 것은 글자로 풀어서, 임금 왕(王) 자입니다. 또 꽃이 떨어지면 열매가 열게 마련이요, 거울이 떨어지면 어찌 소리가 나지 않겠습니까? 이것은 진정 임금이 되실 길몽(吉夢)이옵니다. 그러니 삼가 이 말을 함부로 입 밖에 내지 마십시오. 그리고 또 닭이란 '고귀위(高貴位)' 하고 울기 때문에 이것을 임금이 될 징조로 푸는 것입니다.'
 이 말을 들은 태조는 크게 기뻐하였다. 산에서 내려와 즉시 그 자리에 절을 짓고 절 이름을 석왕사(釋王寺)라고 하였다. 이것은 말할 것도 없이 임금 왕 자를 해석하였다는 뜻을 기념하기 위한 것이다. 이 절은 안협(安峽)읍 서쪽 40리에 있다.

고려 왕 신우(辛禑)[1] 13년, 태조는 도통사(都統使)가 되어 요동을 쳐서 이기고 회군하여 송경(松京) 수창궁(壽昌宮)[2]에서 즉위하자 즉시 꿈을 해몽하던 중을 찾아 들이라 하였다. 이때 그 중이 바로 무학대사인데 태조는 그를 국사(國師)로 봉하였던 것이다.

처음에 태조는 충청도에 있는 계룡산 아래에 집터를 보고 얼마 동안 역사를 하고 있었다. 어느 날 신인(神人)이 꿈에 나타나더니 말하기를,

'여기는 정씨(鄭氏)가 살아야 할 터이고, 그대의 집터가 아니니 그만 두고 물러가라.'

하는 것이다. 태조는 그 말을 들어 바로 공사를 중지한 다음 한양으로 옮겨 왔던 것이다. 이때는 바로 홍무(洪武) 27년[3]의 일이었다.

고려 때의 도선이 예고하여,

'왕씨(王氏)를 대신해서 임금이 될 자는 이씨(李氏)인데 그는 마땅히 한양에 도읍을 해야 할 것이다.'

한 말이 있다. 그런 까닭에 당시 한양에서는 일부 오얏나무〔李〕를 심어 그 오얏나무가 무성하게 자라면 그것을 쳐 버려서 그 기운을 억제해 왔는데, 이때에 와서 과연 도선의 예언이 들어맞았다.

아아! 명(明)나라 요소사(姚少師)[4]와 고려 때의 도선은 다 같

---

1) 고려 공민왕의 뒤를 이은 사람이나, 이때를 위조로 친다.
2) 조선 시대 태조가 즉위하던 송경에 있는 궁궐 이름.
3) 1394년.
4) 명나라 때의 중.

이 머리 깎은 중으로서 비밀히 제왕가(帝王家)를 도와 큰 업적을 이루게 하였으니, 이것은 하늘이 이상한 중으로 하여금 왕자(王者)가 나올 때에 나게 해서 어지러운 세상을 구원하고 백성을 평안히 살도록 한 것이 분명하니, 참으로 이상한 일이라 아니할 수 없다.

 태조는 신과 같은 힘이 있고, 용맹스럽고도 날카롭기가 보통 사람에 월등히 지나친 바 있었다. 잠저의 함흥(咸興)에 있을 때의 일이다. 큰 소 두 마리가 서로 싸우는 것을 보고 두 손에 각각 뿔 하나씩을 쥐고 잡아 헤치니 큰 소가 힘없이 뒤로 물러서는 것이다.

 당시 이 광경을 본 사람들은 태조의 힘을 칭찬하지 않는 이가 없었다. 또 어느 날 퉁두란(佟豆蘭)[1]과 함께 거리에서 노는데 한 여인이 물동이를 이고 앞을 지나가고 있다. 이것을 본 두 사람은 장난을 한번 해 볼 생각이 들어 그 여인이 저만큼 가기를 기다려 태조가 먼저 활을 쏘아 물동이를 맞추니 동이에는 자연 조그만 구멍이 뚫리게 되었다.

 그러나 이 구멍으로 물이 새어 흐르기 전에 퉁두란은 멀리서 진흙덩이를 던져서 동이에 뚫린 구멍을 막아 물이 흐르지 못하게 하였다. 이것을 구경하던 사람들은 모두 기이하게 여겨 갈채하지 않는 이가 없었다.

 이것은 신우 때의 일이다. 왜적이 국경을 침입하자, 태조는

---

1) 본성은 퉁, 본명은 크룬트란티무르인데, 이것을 줄여 두란이라고 불렀고, 태조를 섬겨 이씨의 성과 청해를 본관으로 하사받아 성명을 이지란으로 고침. 태조를 도와 많은 공을 세웠고, 태조가 영흥으로 은퇴하자 그를 따라갔으나 과거 남정 때에 많은 사람을 죽인 것을 속죄하고자 중이 됨.

군사를 거느리고 운봉(雲峰)에 이르니 적병은 예리한 기세로 진격해 나왔다.

이에 태조는 활을 당겨 50여 발을 쏘니 번번이 적병의 얼굴 정면을 맞추었다. 그런데도 불구하고 적들은 산을 끼고 돌아와 태조의 군사를 겹겹으로 포위하였다.

그중에 적장 한 사람이 나이 15, 6세쯤 되었는데 이름을 아지발도(阿只拔都)라 하면서 황금 투구를 쓰고 철가면으로 얼굴을 가리고 서 있었다.

태조는 그 용맹스러움을 아깝게 생각하여 그를 산 채로 사로잡으려고 하니 퉁두란이 말하였다.

'저놈을 죽이지 않으면 반드시 우리 편이 저놈에게 상할 것입니다.'

이 말을 듣고 태조는 활을 쏘아 투구를 떨어뜨리고 가면도 반쯤 벗겨 놓았으나 그래도 대항해 오고 있다. 태조는 하는 수 없이 계속하여 활을 쏘아 그를 죽이고 왜적을 섬멸시키고 말았다. 세상이 전하기를, 퉁두란은 일찍이 태조를 해칠 계획을 가지고 있었다고 한다.

어느 날 해가 저물 무렵, 태조가 변소에 있는 것을 보고 두란이 활을 당겨 쏘았다. 그러나 태조는 변소에 앉은 채로 화살을 받아서 꺾어 버렸다. 두란은 또 계속해서 두 번을 쏘았으나 태조는 여전히 손으로 받아서 꺾어 버렸다.

두란은 생각하기를, 화살을 세 대나 맞았으니 아무리 장사라도 죽지 않을 수가 있으랴 하고 생각하였다. 그러나 태조는 천연스럽게 시치미를 떼고 변소에서 나와 화살 세 개를 두란에게 돌려주었다.

두란은 크게 놀라고 탄복한 나머지 다시는 감히 다른 뜻을 두지 않을 뿐 아니라, 도리어 태조에게 협력해서 큰 공로를 세워 좌명훈(佐命勳)을 받았으며, 성명을 이지란(李之蘭)이라고 고쳤다.

태조가 일찍이 송경 수창궁에서 무학대사와 자리를 함께 하고 이야기하면서 앞으로 있을 일을 물어 보았다. 무학대사는 대답하였다.

'대왕께서 풍성한 날을 만나게 되시면 사업은 안정될 것이오나, 방번(芳蕃)[1] · 방석(芳碩)[2]의 난으로 인해 신변은 고독하실 것입니다.'

태조가 도읍을 버리고 덕원으로 피위(避位)해 있다가 함흥으로 갈 때에 다리 하나를 지나게 되었는데, 이 다리 이름을 영도교(永渡橋)라고 한 것은 다시 돌아오지 않을 뜻을 나타낸 것이다.

태종(太宗)이 간청하여 서울로 돌아오시라고 하였으나 태조는 풍양에 그대로 머물러 있었다. 어느 날 갑자기 전날 무학대사가 하던 말을 생각하고 탄식하기를,

'대사(大師)는 오늘날 나의 이런 일이 있을 것을 알았구나.'

하고 여러 산으로 무학대사를 찾아보았으나 종시 그의 종적을 알 길이 없었다 한다.

옛날, 당나라 현종(玄宗)[3]이 동도(東都)에 파천하였을 때에

---

1) 태조의 일곱째 아들인 무안대군. 태조 7년 제2차 왕자의 난 때 방석과 함께 살해됨.
2) 태조의 여덟 번째 왕자 의안대군. 제1차 왕자의 난 때 동복 아우 무안대군 방번과 함께 살해됨.
3) 당나라 제6대 임금. 성은 이며 이름은 융기. 처음에는 정치를 잘해서 국위를 빛냈으나 나중에는 간신 이임보를 기용하고 양귀비와의 사랑에 빠져서 안녹산의 난을 맞아 촉 땅으로 도망가기도 했음.

어느 가을날 밤을 당하였다. 일행대사(一行大師)와 더불어 천관사(天官寺)에 함께 올라가서 멀리 바라보다가 현종은 슬픈 표정을 지었다. 일행대사가 앞으로 나오면서 말하였다.

'폐하께서 멀고 먼 만리길에 피난하고 계시오나 나라 운수는 무강하게 남아 있사옵니다.'

그 얼마가 지난 후에 현종은 서쪽으로 사냥을 갔는데, 성도(成都)에까지 이르러 앞에 놓인 큰 다리를 바라보고,

'저 다리 이름이 무엇이냐?'

라고 물어 보았다. 따르는 신하가 아뢰기를,

'저 다리 이름은 만리교(萬里橋)라고 합니다.'

하니 현종은 비로소 깨닫고 말한다.

'전에 한 일행대사의 말이 과연 맞았구나.'

하고 탄식하였다는 것이다. 그러고 보니 저 당나라 일행대사나 우리 나라 무학대사나 그 예언한 말이 서로 비슷한 데가 있다 하겠다.

삼한(三韓)과 사군(四郡)[4]의 사적은 묘연해서 증명할 길이 없고, 고구려·신라·백제는 세 나라가 솥발처럼 버티고 있어서, 나라의 수명은 비록 길었을망정 그 국가의 제도를 탐구해 본다면 오륜(五倫)이 불명하며 고려는 또한 500년이나 나라가 계속되었으나 부자간에 왕위를 다투고 군신간에 서로 해치기만 하였으니 족히 말할 것조차 없다.

대개 신라 이후로 불교를 숭상하고 귀신만 좋아해서 기강이

---

[4] 한나라 무제가 우리 나라의 위만조선을 멸하고 두었던 4군. 즉 낙랑·임둔·현도·진번.

허물어지기 한이 없었다. 그러므로, 안회헌 유(安晦軒 裕)[1]가 일찍이 개탄하는 시를 지어 말하기를,

香燈處處皆祈佛
管絃家家總祀神
唯有數間夫子廟
滿庭秋草寂無人

향기로운 등불 곳곳마다 부처에게 기도드리고,
거문고 피리 소리 집집마다 귀신을 섬기건만.
외로운 두어 칸 공자님의 사당에는,
가을풀만 우거진 뜰에 오는 사람도 없네.

하였으니, 그 사학(邪學)[2]을 배척하고 정도(正道)를 붙잡으려고 한 뜻이 절실하다 하겠다.

고려 말엽에 이르러 포은(圃隱) 정몽주(鄭夢周)[3]가 비로소 관혼상제에 대한 제도를 조정에 주달하여, 남녀가 20세가 되면 장가를 들고 시집가게 하며, 같은 성씨(姓氏)끼리는 혼인을 하지 못하게 하며, 부모의 초상에는 3년 복을 입도록 제정하였다.

---

1) 고려 때 학자이며 명신. 처음 이름이 유이고 나중에 향으로 고침. 회헌은 그의 호. 동방의 유학은 이 안회헌으로 인해 크게 떨쳤고, 따라서 그는 우리 나라 최초의 주자학자로 불림. 그의 마지막 벼슬은 도첨의중찬에 이르렀다. 문성의 시호를 받음.
2) 여기서는 유학 아닌 것을 통틀어 말함.
3) 고려 말엽의 문신이며 학자. 포은은 그의 호. 벼슬이 정당문학에 이르고, 태조가 등극한 뒤에 조영규에 의해 선죽교에서 살해됨. 그는 불교의 폐단을 없애기 위해 유학을 보급했고 성리학에 뛰어났음.

그러나 무당과 부처를 받들어 기도하고 숭상하는 것 등 아직도 오랑캐의 풍속이 그대로 남아 계속 되었다.

세조(世祖) 때에 이르러 불교를 숭상하고 받들어서, 도성(都城) 한복판에 원각사(圓覺寺)를 짓고, 중들이 마을마다 섞여서 살게 되었다.

또 송악산에 신사(神祠)를 짓고 이를 몹시 숭봉하였는데, 여기에 소용되는 여러 가지 물품은 모두 역졸들을 풀어 운반시켰고, 이를 관청에서 공급해 주었다.

그러다가, 중종(中宗) 때에 이르러 유신(儒臣)[4]들이 등용되면서부터 모든 정도(正道)가 아닌 것이 점점 미약해진 후로 나라의 풍속이 크게 변경되었다. 그러나 옛날의 유풍이 아직도 다 없어지지는 않았기 때문에 사대부(士大夫)의 집에서도 그 친속들을 위하여 혹은 절을 찾아가 제를 올리기도 하였으니 이것을 가리켜서 수륙(水陸)이라고 하였다.

또 혹은 무당을 데려다가 빈청(殯廳)[5]에서 풍악을 벌여 놓고 제사를 지내기도 하였으니 이것을 청혼(廳魂)이라고 하였다. 또 성 안에는 자시(慈施)·인시(仁施)라는 두 궁이 있었는데 이것은 여러 보살들이 항시 거처하던 곳이었다.

위로 임금에서부터 아래로 사서인(士庶人)[6]에 이르기까지 모두 부처에게 시주를 하고 기도를 하였으니 여기에 소용되는 곡식이 한없이 많았다.

이렇게 내려오다가 현종(顯宗)이 즉위하던 원년에 이르러 조

---

4) 유교의 학문으로 임금을 섬기는 신하를 가리킴.
5) 발인할 때까지 사람의 시체를 안치해 두는 곳.
6) 사대부와 서인.

신(朝臣)들이 이 폐단을 막기 위하여 현종에게 간청하고, 중의 무리들을 동교(東郊) 밖으로 몰아냈으며, 자시와 인시의 두 궁도 헐어 버렸다.

그리고 그 자리에 선비들이 모이는 회관을 세웠으니 이것이 오늘날의 반수당(泮水堂)[1]이다.

여기에 따라서 신사나 절에 가서 기도하는 풍속을 엄금하게 되니 중과 무당이 다시는 도성 안에 범접하지 못하였다.

여기에서 본다면 선조(先朝)에 있어서 선비를 숭상하고 유도(儒道)를 중히 여기며, 풍속을 바꾸어 놓은 공력이 거룩하다고 아니할 수 없다.

우리 동방은 비록 문헌의 나라라고 하지만 다만 중국 사적만 알 뿐이요, 본국의 일에 있어서는 상하 수천 년에 싸움으로 흥하고 패한 역사가 있는데도 캄캄하게 아무것도 모르고 있다.

두목지(杜牧之)[2]의 시에 이르기를,

'눈썹이 눈앞에 있건만 길어 보이지 않네〔睫在眼前長不見〕.'

라고 한 말이 헛말이 아니다. 나는 여기에서 생각한 바가 있어 우리 나라 사실을 내가 듣고 본 대로 대강 기록해 보려 한다.

대개 우리 나라는 궁벽하게 산과 바다 사이에 끼어 있기 때문에 땅이 몹시 좁고 작다. 동쪽과 남쪽은 왜국과 이웃이 되어 있

---

1) 지금의 성균관의 다른 명칭.
2) 당나라의 시인. 이름은 목이고, 목지는 그의 호임. 그의 시풍이 호방해서 두보의 시풍과 비슷해서 소두라고 불림.
3) 만주 동북 지방에 있던 퉁구스 계의 일족. 이것은 삼한 시대에 생긴 이름으로, 숙신·읍루·물길은 모두 그 옛 이름임. 그 일족인 속말말갈은 발해를 세우고 흑수말갈은 여진국을 세웠음.

고, 북쪽으로는 말갈(靺鞨)[3]에까지 경계가 되어 있고, 서쪽은 삼위(三衛)[4]와 여진(女眞)[5]이 강 밖에 가까이 다가서 있다.

우리는 삼국 시대로부터 여러 번 침략을 당해서 신라와 백제에서도 다같이 그 태자(太子)를 일본에 인질로 보냈다.

그 뒤에 신라가 삼한을 통일하고서도 일본의 침해를 번번히 받곤 하였다.

고려 시대에도 고종(高宗) 때로부터 역시 왜적의 침략을 입었고, 원종(元宗) 때에는 몽고와 힘을 합해서 일본을 정복하였다. 충렬왕 때에는 배를 내어 일본을 치려다가 불리하여 돌아오고 말았다. 충정왕(忠定王) 이후로 일본은 우리 고성(固城)과 거제 등지에 침범을 일삼아 왔다. 공민왕 때에는 일본의 침략을 더욱 치열하였다.

그래서 우리 나라는 누차 그들의 침해를 입었다. 이리하여 일찍이 최영(崔瑩)[6]이 자청해서 그들을 쳐부수었다. 우리 태조도 역시 이지란(李之蘭) 등과 함께 크게 격파하기도 하였다. 그러나, 어느 세대를 막론하고 그들은 침략해 오지 않은 때가 없었다.

더욱이 선조(宣祖) 임진년에 이르러서는 평수길(平秀吉)[7]이 가등청정(加等淸正)[8]과 평의지(平義智) 등과 함께 수십 만 군병

---

4) 위만조선을 이름. 위만이 세운 나라.
5) 동만주와 연해주 방면에 살던 반농 반수렵의 퉁구스 계 부족. 한나라 때는 읍루, 후위 때는 물길, 수·당 때는 말갈이라고 했음.
6) 고려의 명장. 홍건적을 물리친 공으로 일등공신에 봉함. 팔도도통사가 되어 요동 정벌을 목적으로 군사를 훈련할 때 이성계가 위화도에서 회군함으로써 이 계획은 좌절됨. 이성계의 군사가 개성에 들이닥치는 것을 적은 군사로 대항하다가 패전하고, 체포되어 처형됨.
7) 일본의 관백. 임진왜란을 일으킨 장본인.
8) 임진왜란 때 우리 나라에 침입한 왜장의 한 사람.

을 거느리고 침입해 왔다. 이에 선조는 서쪽으로 의주(義州)까지 파천하여 명나라에 구원병을 요청하였더니, 명나라 황제는 이여송(李如松)¹⁾ 등을 보내어 우리 동방을 재조(再造)하다시피 하여 6년 만에야 일본 군사를 물러가게 하였던 것이다.

말갈은 누차 삼국 시대로부터 국경을 침범하였고, 또 여진은 고려 숙종 때로부터 걱정거리가 되어 오다가 고종(高宗) 때에 와서는 거란(契丹)과 합세하여 침략해 왔다.

신우(神禑) 때에는 호발도(胡拔都)의 침범이 있었고 우리 세조(世祖) 때에는 모린위(毛隣衛)가 북쪽 국경을 여러 차례 침해하므로 김종서(金宗瑞)²⁾와 신숙주(申叔舟)³⁾를 보내서 이를 토벌하고 육진성(六鎭城)을 쌓은 일이 있다.

이 뒤에도 또 이탕개·모을지·내로태 등으로 걱정이 있었으니, 이것은 실상 모두 말갈과 여진의 종족이 남아 있었기 때문이었다.

이조 인조(仁祖) 병자년에 이르러서는 금(金)나라 한(汗) 홍태시(洪太始)가 군사 10만 명을 거느리고 졸지에 왕성에 진주해 왔다. 이에 인조는 창황중에 남한산성⁴⁾으로 피신하였다.

---

1) 임진왜란 때 구원병을 이끌고 왜군을 물리친 명나라 장군.
2) 문종 때 문신. 호는 절재, 벼슬은 좌찬성에 올랐음. 《세종실록》의 총재관을 거쳐 《고려사절요》의 편찬을 감수함. 문종의 유명을 받아 단종을 보좌한 지혜와 용기를 겸비한 명신. 수양대군에 의해 두 아들과 함께 살해됨.
3) 세조 때의 문신으로 학자. 자는 보한재, 벼슬은 영의정까지 올랐음. 일찍이 강원·함길도 도체찰사로 모린위의 야인을 정벌한 일도 있음. 뛰어난 학식과 글재주가 있어 6대 임금을 섬기는 동안 《국조보감》·《세종실록》 등을 찬수. 세조의 왕위 찬탈에 가담해서 후세에 비난받음.
4) 남한산에 있는 성. 백제 시대의 성이었으나 그 흔적은 없고, 현존하는 성은 조선 시대 광해군 때 시작해서 인조 때 완성한 것임. 병자호란 때 인조는 이 성에 피난했다가 45일 만에 청나라 태종에게 굴욕적인 항복을 함.

한은 친히 군사를 이끌고 남한산성을 포위하고 용골대(龍骨大)[5]로 하여금 강도(江都)[6]를 함락시키게 하고, 세자와 대군(大君)까지 모조리 포로로 데리고 가니, 우리 나라는 형세가 궁하고 힘이 다하게 되었다. 그리하여 그 다음해인 정축년 봄에는 성을 나와 마침내 그들에게 항복하고 말았다.

숭정(崇禎) 갑신년에 산해관을 지키던 장수 오삼계(吳三桂)[7]가 군부(君父)의 원수를 갚고자 하여 산해관문을 열고 구원을 청하니 한은 떠돌아다니는 도둑 이자성(李自成)[8]을 보내어 황성으로 들어가게 하여 드디어 중국을 빼앗아 임금이 되었으니, 이가 바로 호청으로서 역시 여진(女眞)의 후예이다.

또 거란(契舟)은 고려 성종(成宗) 때부터 걱정거리가 되어 왔다. 문종은 그들의 가렴주구에 얼마나 속을 썩였던지, 어느 날 꿈에는 그들의 시울에 가서 성궐의 크고 웅장함을 두루 살펴본 뒤에 꿈에서 깬 일도 있었다.

당시의 광경을 시 한 편으로 엮어 놓은 것이 있다.

惡業因緣近契舟
一年朝貢幾多般
移身忽到京華地
可惜中宵漏滴殘

---

5) 청나라 장수로, 병자호란 때 우리 나라에 침입한 사람.
6) 강화도를 말함. 병자호란 때 봉림대군과 인평대군이 피난한 곳이어서 이렇게 불렀음.
7) 명나라 무인으로, 원래는 요동 사람임. 명나라 때 무술로 이름을 떨쳤고 청나라 초에 삼번의 난을 일으킴.
8) 청나라 태종 때 사람. 당시 그는 떠도는 도둑의 두목이었으나 청나라를 빼앗아 호청이라고 칭함.

악업이 인연되어 거란과 접근하였지,
해마다 바치는 물건 얼마나 많았던가?
몸을 옮겨 갑자기 그 서울 당도하니,
애석하다. 누수(漏水)¹⁾ 소리 밤을 어이 재촉하니.

이 시 한 편만 보더라도 저 거란의 허다한 침략과 포악한 행동을 가히 짐작할 만하다.

몽고(蒙古)는 고려 고종(高宗) 때부터 여러 차례 걱정거리가 되어 왔다.

고종은 세자를 보내서 항복하기를 자청하기까지 하였고, 그 뒤에 칠왕(七王)은 그들에게 빌붙어서 혼인까지 하면서 겨우 나라의 명맥을 구차하게 이어왔으며 여러 가지 일을 처리하는데도 원(元)나라에서 조종하는 대로 따라가고 있었다.

중국 사람들이 평소에 우리에게 말하기를,

"사타(沙陀)와 말갈은 모두 중국에 들어와서 주인 노릇을 해보았지만 너희들은 감히 그렇게 하지 못할 것이다."
하였고, 또 말하기를,

"너희 나라에서는 천리 되는 물의 근원이 없고, 100리 되는 평야가 없으니 지형이 그렇고서 무슨 영웅이 날 수가 있겠느냐?"
하였으니, 그들의 멸시가 여기에 더할 수가 없는 일이다.

---

1) 누수기나 누각의 물을 말하는 것으로, 시간을 알기 위한 것.
2) 선조 때 문인. 백호는 호이고 이름이 제임. 예조 정랑을 지내다가 동·서양당의 싸움을 개탄하고 명산을 찾아다니면서 호방한 시와 쾌활한 문장으로 여생을 마침. 저서로는 《화사》, 《추성지》가 있음.

백호(白湖) 임제(林悌)²⁾가 병이 심하여 장차 운명할 무렵, 그의 자제들의 울음소리가 들렸다. 백호는 그 울음을 그치게 하고 자제들에게 말하였다.

"사이팔만(四夷八蠻)³⁾이 제각기 황제라고 일컫지 않은 자가 없고, 오계(五季) 시대⁴⁾에는 황제라고 자칭한 자의 수가 한이 없었건만, 우리 나라만은 홀로 황제라는 칭호를 가져 보지 못하였으니, 이러한 나라에서 살 바에는 차라리 죽는 것이 낫지 않겠느냐?"

이런 이야기는 비록 일시적인 비유로 한 웃음의 말에 지나지 않는다. 하지만 오늘날 우리의 현 시점에 서서 본다면, 여러 가지 폐백 물건을 바치느라고 개나 돼지 노릇을 하는 일이 해마다 계속 되고 있었으니 참으로 가련한 노릇이 아닐 수 없다.

우리 나라의 조선이란 칭호는 옛사람이 말하기를,

"지역이 양곡(陽谷)⁵⁾에 가깝기 때문에 아침 조(朝) 자를 붙이고, 해가 돋으면 먼저 밝는다 하여 고을 선(鮮) 자를 붙여 조선이라고 하였으며, 고려라는 칭호도 역시 산은 높고 물은 곱다는 뜻을 취해서 고려라고 하였다."

고 하였다.

대개 산수(山水)가 좋기로는 온 천하에서 으뜸을 차지하고 있다. 그런 까닭에 중국 사람들도 우리 나라를 사모하는 글에서,

---

3) 사이란 중국 사방에 있던 오랑캐로, 동이·서웅·남만·북적을 말함. 팔만은 중국 남쪽 지방에 있었던 여덟 오랑캐로, 곧 천축·해수·초요·기종·천흉·담이·구지·방척을 말함.
4) 중국 5대의 문란해진 시대를 말함. 계는 말엽이란 뜻.
5) 해가 뜨는 곳.

"원컨대 고려 나라에 태어나서 금강산을 한번 봤으면〔願生高麗國 一見金剛山〕."
이라고까지 하였으니, 이것으로 보면 그들이 우리 나라의 경치를 얼마나 부러워하였던가를 짐작할 수가 있다.

우리 나라의 모든 산맥은 다 백두산(白頭山)을 시초로 하여 동쪽으로는 금강·태백의 두 산이 있고, 서쪽으로는 묘향·구월의 두 산이 되었으며, 남쪽으로는 지리·한라의 두 산이 되었으니, 이것은 모두 백두산의 지맥이다.

임금이 난 이름 있는 땅과 도읍으로 정하였던 여러 지대가 마치 그 사이에 바둑판처럼 벌려져 있다.

단군·기자·고구려의 평양과 신라의 경주와, 백제의 남한산과 부여의 사자성, 고려의 송경(松京)을 먼저 일컫는 것은 그 나라의 역사가 오래고 더욱이 경치가 가장 좋은 때문이다.

역사를 상고해 보면, 단군 말엽에 기자가 조선에 와서 나라 이름을 역시 조선이라 하고 도읍을 평양에 정하였다. 기준(箕準)[1]에 이르러 위만(衛滿)[2]에게 습격을 당하여 남쪽으로 내려가다가 금마군(金馬郡)에 이르러 한왕(韓王)이라 자칭하였다.

상고해 보건대 금마군은 오늘의 전라도 익산군으로서, 옛 성이 있는 것을 지금까지도 기준성(箕準城)이라고 불러 온다.

위만은 기준을 쫓아내고 왕검성(王儉城)을 점령한 다음 손돌목(孫乭渠)까지 이르렀다가 한나라에게 멸망당하였다. 그 후 한

---

1) 한나라의 준왕.
2) 고조선 시대에 위만조선을 세운 사람. 본래 연나라 사람으로 무리를 거느리고 처음에는 준왕에게 투항했다가 그 후 준왕을 치고 나라를 세움. 그러나 그 후 80여 년 만에 한나라 무제에게 망함.

나라는 사군(四郡)을 설치하였는데, 이 왕검성은 곧 낙랑군으로서 지금으로 말하면 바로 평양인 것이다.

신라 시조 박혁거세(朴赫居世)는 경주에 도읍을 정하고 성을 쌓고는 금성(金城)이라고 불렀다. 처음 국호는 서라벌 혹은 사라(斯羅)라 칭하기도 하고, 또는 사호라 칭하기도 하며, 혹은 신라라 칭하기도 하고, 또는 계림이라 칭하였다.

지증왕(智證王) 때에 와서 국호를 신라라고 제정하였는데, 신(新)이라는 것은 덕업이 날마다 새로워진다는 뜻이며, 라(羅)라는 것은 사방을 망라하듯이 취해 들인다는 의미이다.

피사왕은 월성(月城)을 쌓고 옮겼으며, 자비왕은 명활성으로 옮겼으니, 이 금성이나 월성·명활성은 모두 경주에 있다.

고구려 시조 주몽(朱蒙)은 졸본부여의 비류수(沸流水) 위에 도읍을 정하였다. 주몽은 원래 요동 땅 구려산(句麗山) 아래에서 성장한 까닭에, 그 성자인 고(高) 자를 산 위에 씌워 국호를 고구려라고 하였다 한다.

유리왕은 국내위(國內尉) 나암성으로 도읍을 옮겼고 산상왕은 환도성으로 도읍을 옮겼으며, 동천왕에 이르러 도읍을 평양으로 옮겼다. 다시 고국원왕은 동화성으로 도읍을 옮겼고 평원왕은 장안성으로 도읍을 옮겼다.

상고하건대 졸본부여의 비류수는 성천에 있었고, 국내성은 압록강 북쪽에 있었는데, 혹은 말하기를 고린주(古麟州)의 경내에 있다고도 하니 고린주란 의주(義州)이다.

환도성은 압록강 동북쪽 요동의 동남쪽에 있고, 황성은 평양 동쪽에, 장안성은 평양 북쪽에 있다. 그리고, 특별히 또 한 성을 쌓았는데, 이것은 마치 신라에 있는 월성(月城)·명활성(明

活性)과 같다 한다.

　백제의 시조 온조(溫祚)는 그 형 비류(沸流)와 함께 부아악(負兒嶽)에 올라가서 살 만한 땅을 본 뒤에 비류는 미추홀로 떠나가 살았고, 온조는 하남 위례성에 도읍을 정하였다.

　그는 초기에 신하 10명이 국정을 보좌한 까닭에 나라 이름을 십제(十濟)라고 하였다가, 그 뒤에 비류가 자기 백성들을 데리고 위례성으로 온 때문에 국호를 고쳐서 백제라고 하고 한산으로 도읍을 옮겼다.

　초고왕은 북한산으로 도읍을 옮겼고, 문주왕(文周王)은 웅진(熊津)으로 도읍을 옮겼고, 명농왕은 사비성으로 도읍을 옮기어 국토를 남부여라고 하였다.

　상고해 보건대 부아악은 곧 삼각산이고, 미추홀은 오늘의 인천이며, 위례성은 직산이고, 한산(漢山)은 광주의 남한산이고, 북한산은 오늘의 서울이고, 웅진(熊津)은 곧 공주이며, 사비성은 오늘의 부여이다.

　가락국왕(駕洛國王) 김수로는 가락에 도읍을 정하고 국호를 가락이라고 하였다. 이것은 혹 가야(加耶)라고도 하는데, 그 뒤에 금관국(金官國)으로 변경되었으니 오늘날 김해부가 곧 그것이다.

　대가야의 시조 이진아고왕(伊珍阿鼓王)은 수로왕의 아우로서 대가야에 도읍을 하고 국호를 대가야라 하였으니, 오늘의 고령이 곧 그곳이다.

　고려 태조 왕건(王建)은 철원에서 즉위하고 그 이듬해에 송악으로 도읍을 정하였다. 고종은 몽고의 병화를 피하여 강화로 들어가 도읍하였다가 원종 때에 이르러 다시 송악으로 환도하였다. 송악은 곧 오늘날의 개성부(開城府)이다.

　우리 태조는 도읍을 한양에 정하였다. 한양은 맨처음 근초고왕(近肖古王)이 도읍을 옮긴 후로부터 신라와 고려를 지나는 동안에 모두 주군(州郡)과 관방(關防)을 설치하였고, 고려 문종 때에는 주군을 승격시켜 남경(南京)이라 하고 유수관(留守官)을 두었다.

　숙종 때에 도선(道詵)의 비밀 문서가 나왔는데, 여기에 쓰기를 목멱산 밑에 도읍을 세울 만하다고 한 까닭에 최사추(崔思諏)·윤관(尹瓘) 등으로 하여금 삼각산을 안산으로 한 남쪽 중심지인 임좌(壬坐) 병향(丙向) 자리에 궁궐을 세우고 도읍을 정하였다.

　그러나 이곳에는 1년에 몇 번씩 왕래하면서 놀았을 뿐이었다. 우리 태조가 즉위한 지 3년 후인 갑술년에 이르러 비로소 송경으로부터 이곳으로 도읍을 옮겼다.

　이 외에 소소한 모든 도읍터를 열거하면 다음과 같다.

　견훤은 전주에 도읍하였고, 궁예는 철원에 일시 도읍하였으나 대를 전하지 못하였다. 그리고 예국(穢國)은 강릉에 도읍하고, 맥국(貊國)은 춘천에 도읍하였으며, 행인국(荇人國)과 실직국(悉直國)은 삼척에 도읍하였다. 이서고국(伊西古國)은 청도에 도읍하고, 음변벌국(音汁伐國)은 경주 안강현에, 아시량국(阿尸良國)은 함안에, 소가야국(小加耶國)은 고성에, 고령가야국(古寧加耶國)은 함창에, 벽진가야국(碧珍加耶國)은 성주에, 압량소국(押梁小國)은 경산에, 내산국(萊山國)은 동래에, 창녕국(昌寧國)은 안동에, 소문국(召文國)은 의성에, 사벌국(沙伐國)은 상주에, 감문국(甘文國)은 개령에, 황룡국(黃龍國)은 용강에 모두 도읍을 정하고 임금 노릇을 하였다는 전설과 기록은 있으나 그 시대의 전후나 나라를 다스린 연수는 전혀 상고할 수가 없다.

　또 한나라에서 설치하였다는 사군(四郡)은, 낙랑(樂浪)은 평양, 임둔(臨屯)은 강릉이라 하고, 현도(玄菟)는 함경도에 있다고 하나 어느 땅인지 확실하지 못하며, 진번(眞番)은 더구나 고증할 수가 없다.

　삼한의 부여에 대해서도 논설이 많아서 어느 말을 좇아야 할지 확실치 못하다. 또 동옥저(東沃沮)·북옥저(北沃沮)·남옥저(南沃沮)·구다(句茶)·개마(蓋馬)·발해(渤海) 등 나라에 대해서는 비단 건국한 세대를 알 수 없을 뿐만 아니라, 전하는 사실조차 없으니 그 지역이 어느 곳에 있는지 전혀 알 수가 없다.

　중국 사람들이 혹 물을 때에는 능히 대답을 못 하게 되니 우리 나라 문헌이란 어찌 이렇게도 증거할 수가 없는지 참으로 부끄러운 일이다.

　중국 사신 강왈광(姜曰廣)이 나왔을 때의 일이다. 그는,
　'한 틀 거문고 위에 있는 일곱 가지 줄은 오음과 육률을 퉁겨 낸다〔一張琴上七條絃 彈出五音六律〕.'
이라는 한 수를 지어 놓고 당시 원접사(遠接使)인 북저(北渚)[1]를 보고 대구를 맞추어 오라 하였다. 이때 조정에 있는 공경(公卿)들은 이것이 어렵다고 하였다. 기암(畸庵) 정홍명(鄭弘溟)[2]이 말하기를,

---

1) 인조 때 문신인 김류의 호. 광해군을 폐하고 능양군을 왕으로 추대해서 인조반정을 이룩하고 정사일등공신에 뽑힘. 시문과 글씨에 뛰어났음.
2) 정철의 아들. 고문에 능했고 벼슬은 대제학에 이름.

"적확한[3] 대구가 없으면 빨리 못 짓는다고 사과하는 것이 낫지 않습니까?"
하니 북저도 기암[4]의 말이 옳다 하고 강왈광에게 가서 대구를 짓지 못하였다고 말하였다. 강왈광은 웃으면서 통역을 보고 말하기를,
"이 글 대구는 우리 중국에서도 어렵다고 하는 것인데, 하물며 너희 나라에서 대구를 채우겠느냐?"
하였다 한다.
 아아! 생각하면 이 글은 위에서 말한 일이 있는 연쇄지당류(煙鎖池塘柳)란 글귀보다도 쉬운 것인데, 당시의 제공들이 모두 한 시대의 뛰어난 인물들로써 어찌 글 한 짝 대구를 못 맞추어 중국 사신의 조롱을 당하였단 말인가? 만일 내가 그 자리에 있었다면 서슴지 않고,
"백가지 꽃떨기 속에 있는 세 봄의 빛은, 만가지로 붉고 천가지로 붉은 것을 단장하였네〔百花叢裡三春色粧得萬紫千紅〕."
하고 지어 주었을 것이다. 그때 강왈광이 이 대구를 보았다면 무엇이라고 하였을는지, 이것이 꼭 적확한 대구가 되는지 장담은 하지 못하겠으나 여기에서는 나의 소감을 한 도막 적어 문단의 결점을 보충해 볼까 하는 것이다.
 옛 글을 상고해 보니, 황노직(黃魯直)과 손신로(孫莘老)가 같은 벼슬을 할 때의 일이다. 어느 날, 관중(舘中)에서 여러 사람이 술을 마시게 되었다. 술을 마시다가 한 사람이 먼저,
"무정 성명은 담을 성 자로다〔戊丁成皿 盛〕."

---

3) 틀림없음. 확실함.
4) 정홍명의 호.

하니, 다음 사람은 또,

"왕백박석은 푸를 벽 자라〔王白珀石 碧〕."

한다. 또 다음 사람이,

"이여야토는 마음 서 자로다〔里子野土 墅〕."

하자, 다음은 황노직의 차례였다. 그는,

"요녀위귀는 위나라 위 자라〔禾女委鬼 魏〕."

하였다. 다음은 손신로의 차례인데, 그는 미처 대답을 못 하였다. 그리하여 황노직이 대신 말하기를,

"뇌력칙정은 물을 은 자라〔耒力敕正 埝〕."

하여 대구를 맞춰 주었다. 이것은 글자를 연접시켜서 한 글자를 이루는 대구이다.

악정공(嶽正公)이 하공운(夏公惧)과 함께 술을 마실 때의 일이다. 악정공이 말하기를,

"일산 산(傘) 자는 사람이 다섯이 있는데 아래에 있는 작은 사람들이 위에 있는 큰 사람 하나를 모시고 있으니, 소위 유복한 사람은 남들이 받들어 주고 박복한 사람은 남을 받들게 된다〔有福之人 人服事無福之人 服事人〕는 이치를 알겠도다."

하였다. 여기에 대답하여 하공운은 말하기를,

"시원할 상(爽) 자도 사람이 다섯이 있는데 곁에 벌려 서 있는 작은 사람들이 중간에 있는 큰 사람 하나를 호위해 주고 있으니, 소위 사람 앞에서 사람의 장단을 말하지 말라. 사람 가운데도 사람이 있다〔人前莫說人長短 始信人中更有人〕는 것을 비로소 알겠도다."

하였으니, 이것은 글자를 풀어서 글귀를 만든 것이다. 또 이런 글귀도 있다.

"갈석이 홀로 섰으니 현산은 저절로 무너져 버리고, 강녀는 벌써 갔는데도 맹자는 오지 않는다〔碣石獨立峴山自頹 姜女已去 孟子不來〕."

이것을 풀이하면 갈(碣) 자에 돌만 홀로 섰으니 돌 석(石) 자요, 현산의 산이 저절로 무너졌으니 볼 견(見) 자만 남아 이것을 합치면 벼루 연(硯) 자이다.

또 강녀(姜女)의 계집 녀(女)가 가 버렸으니 '圭(토)' 자만 남았고, 맹자의 아들 자(子)가 가 버리면 명(皿) 자만 남게 되니 이것을 합치면 대개 개(盖) 자가 된다. 또,

'서예가 느티나무에 부딪쳐서 달게나무 가의 귀신이 되었다〔鉏麑觸槐 甘作木邊之鬼〕.'

하여 이것은 괴(槐) 자를 말한 것이요,

"예양은 숯을 먹어 마침내 산 아래 재가 되었다〔豫讓吞炭 終爲山下之灰〕."

하여 이것은 탄(炭) 자를 말한 것이다. 또,

"두 사람은 흙 위에 앉았고, 달 하나는 해 가에 밝았다〔二人土上坐 一月日邊明〕."

한 것은 앉을 좌(坐) 자와 밝을 명(明) 자를 말한 것이며,

"사람은 문 안에서 번쩍거리고, 귀신은 물가를 향해 올라간다〔人從門內閃 公向水邊沿〕."

하여 번쩍거릴 섬(閃) 자와 올라갈 연(沿) 자를 말하였다.

"한밤중에 아이를 낳으니 해시인지 자시인지 정하기가 어렵다〔半夜生孩 亥子二時難定〕."

한 것은 해(孩) 자가 해(亥)와 자(子)를 합쳐서 된 것을 말하는 것이요,

"두 집이 짝을 지으니 기유일이 아름답다〔兩家作配 己酉一日爲佳〕."

한 것은 배(配) 자가 기(己) 자와 유(酉) 자를 합쳐서 된 때문이다. 또,

"사람 인 자와 일찍 증 자는 중 승 자가 되었고, 사람 인 자와 아닐 불 자는 부처 불 자가 되기도 하였다〔人曾作僧 人弗能作佛〕."
하여 사람이란 일찍이 중이 될 수는 있지만 부처가 될 수는 없다고 말하였고,

"계집 녀 자와 낮을 비 자는 종 비 자가 되었고, 계집 녀 자와 또 우 자는 종 노 자가 되기도 한다〔女卑爲婢女又可爲奴〕."
하여, 계집이란 천하게 되면 종노릇도 할 것이요, 또한 계집은 종이 될 수가 있다고 하였다.

이것은 대개 글자를 나누기도 하고 합치기도 해서 글자를 새로 만든 것이니, 모두 다 문인(文人)들의 회담에서 나온 것들이다.

우리 나라에서도 참판(參判) 남구만(南九萬)[1]이 일찍이 북관에 안찰사(按察使)[2]로 있을 때의 일이다.

그는 주자양(朱紫陽)[3]이 주해(註解)한 《참동계(參同契)》[4]란 책을 발간하고 그 책 권말에 발문을 쓰고 자기 성명을 쓰는데, 한 글자에 대해서 여덟 자씩 파자로 만들어 써 놓았다. 거기에 쓰기를,

---

1) 조선 현종 때 문신으로, 호는 약천. 벼슬은 영의정에까지 올랐고 글과 서화에 뛰어났으며 시조 한 수가 전함.
2) 한 지방의 다스림이 잘 되도록 다스리던 장관.
3) 주자를 말함. 주자가 세운 학당을 자양서원이라고 함.
4) 한나라 위백양이 지은 책. 주역의 효상을 빌어서 쇠 불리는 법을 의논한 책.

"호미의 쇠는 버리고 뚜껑은 인방(寅方)에서 취해 왔다. 갓은 크게 쓰고 마음은 작게 가지며, 눈 목 자는 가로 놓고, 고무래 정 자는 밟았도다. 하나는 가로 하고 하나는 세로로 세웠으며, 입을 열고 낮 오 자를 입에 물었다. 반 몸뚱이 사람으로 앉아서 새를 본다. 기(夔)의 머리, 우(禹)의 발로, 가슴에는 갑옷을 입었다. 진방에는 비가 오고, 해방에는 사람이 간다. 발꿈치 은 자 세웠으나 간방 간 자 간 곳 없고 죽은 마시면서 닭의 유 자 피하였구나. 왼쪽은 해(諧) 자 눈 자를 따르고 오른쪽은 개 무 자만 썼도다〔揮鉏擲金 蓋取諸寅 大冠小心 橫目履丁 一橫一立 開口吞午 半體之人 坐而看乙 夔頭禹足 當胸藏甲 震來得雨 人往坐亥 立跟背良 飮酪避酉 左從諧韻 右乃用戌〕."

하였으니 이것이 이른바,

'의령 남구만 운로는 기록한다〔宜寧南九萬雲路識〕'는 말의 파자이다. 이것은 혹 그 획수를 모아서 글자를 만들고, 또는 육갑(六甲)에 있는 글만 모아서 문자를 단 것이 더욱 묘하게 되었으니, 옛날 중국의 양수(楊修)[5]가 만든다 해도 여기에 지날 수가 없을 것이다.

고구려 시대에 수양제(隋煬帝)[6]는 그의 대장 우문술(宇文述)[7]을 시켜서 고구려를 정벌하라 하였다.

---

5) 후한 때 사람. 조조의 주부로 있다가 미움을 받고 피살됨. 은어(隱語)를 잘 풀었음.
6) 수나라 제2대 임금으로, 이름은 광. 문제의 둘째 아들로, 아버지 문제를 죽이고 자기가 즉위해서 운하를 열고 궁전을 세우는 등 온갖 호사를 다했음. 나중에 고구려를 침입하다가 패망해서 신하에게 살해당함.
7) 수나라의 장수, 양제의 명령으로 고구려에 침입해 왔다가 살수에서 크게 패함.

이때 을지문덕(乙支文德)[1]은 사자(使者)를 보내서 거짓 항복한다 하고 말하기를,

"그대들이 군사를 돌이켜 간다면 우리는 우리 임금을 모시고 귀국 황제가 계신 곳으로 가서 조현(朝見)[2]할 것이오."

하였다. 이때 우문술은 그렇지 않아도 평양의 지형이 험하고 견고해서 함락시키기 어렵다고 걱정하던 차에 이 항복한다는 말을 참말로 알고 드디어 군사를 거두어 돌아가고 있었다.

살수에 이르러 군사가 반쯤 물을 건넜을 무렵, 을지문덕은 적군을 크게 쿠격하여 치니, 모든 적군은 어쩔 줄을 모르고 서로 흩어져서 하루 낮 하루 밤 동안에 450리를 걸어 압록강까지 도망하였다. 이 싸움에서 적병은 처음에 113만 5천 명의 대군이 왔던 것이 살아 돌아간 것은 겨우 2천 700명밖에 되지 않았다 한다.

그 뒤에 당태종(唐太宗)[3]은 개소문(蓋蘇文)[4]의 죄를 추궁한다고 하여 친히 10만 대병을 거느리고 요동에 이르러 안시성(安市城)[5]을 공격하였다. 그러나 안시성을 포위한 지 60일이 지나도 성은 함락되지 않았다. 당태종은 어찌할 도리가 없었다. 요동이

---

1) 고구려 명장. 중국을 통일한 수나라가 백만 대군을 몰아 고구려를 침입했을 때 그는 거짓 항복하는 척해서 적군을 회군시킨 다음 살수에서 공격해서 대승을 거두었음.
2) 신하가 조정에 들어가 임금에게 배알함.
3) 당나라 제2대 임금으로, 이름은 이세민. 고조의 둘째 아들로, 고조를 도와 중국을 통일하고 이금이 된 뒤에는 선정을 베풀었음.
4) 고구려 재상이며 명장. 일명 연개소문 또는 천개소문이라고도 함. 태조의 아들로, 당나라 태종이 17만 대군을 거느리고 침입하자 그는 고구려군을 지휘 개모성·요동성·백암성 등에서 적에게 큰 타격을 주었다. 마지막 안시성의 혈전에서 60여 일 간의 공방전 끝에 적을 격퇴함.
5) 고구려 제28대 보장왕 때 당태종의 침입을 받은 곳으로 지금의 만주 영성자라고 하지만 확실하지 않음.

란 지방은 날씨가 일찍 추워지는데다가 군량마저 다해 버렸으므로 부득이 군사를 거두어 되돌아가기로 작정하였다. 안시성(安市城) 성주 양만춘(楊萬春)[6]은 적의 이런 형편을 역력히 아는지라 성 위에 올라가서 그들을 전송해 보냈다.

 아아! 고구려는 우리 동방 3국의 하나로서, 지방은 겨우 천리도 못 되면서 능히 수나라 대군을 쳐부수었고 또 당나라 군사마저 막아냈으니 실로 혁혁한 공적은 천고에 빛날 것이다.

 이것은 다름이 아니다. 당시에는 병력도 정강하였지만 또한 장수를 옳게 얻은 때문이었다.

 그 후 우리는 고려의 통일한 업적을 이어서 지방이 고구려의 세 배나 되면서도 임진년에 왜적이 침입할 때에 왕성을 지키지 못하고 용만(龍蠻)으로 파천까지 하였으며 병자년에 청병(淸兵)이 몰려왔을 때는 강도(江都)가 함락되고 마침내는 남한산성에서 항서(降書)까지 바치지 않았는가?

 이제 비록 태평무사(泰平無事)한 지 오래라 하지만, 기강은 해이하고 습속이 흐리게 된 때문에 안팎의 군병들은 헛 문서만 쌓아 놓았으며, 크고 작은 병기들은 형식만 꾸며 있도다.

 진법(陣法)에 대해서는 더욱이 훈련조차 하지 않고 국방에 있어서도 하나도 예비책을 갖지 않았으니 가령 지금이라도 수만 명 적병들이 일시에 쳐들어온다면 장차 바라보기만 하다가 그대로 흩어져 달아나 버리고 말것이 아닌가?

 저 을지문덕이 수나라를 쳐 부수고, 양만춘이 당나라를 막던 일과 비교해 본다면 무엇이라고 말해야 옳을 것인가?

---

6) 안시성 성주로서, 당나라 대군을 잘 막아낸 사람.

이것은 다만 병력을 기르지 못하였을 뿐만 아니라, 장수를 옳게 얻지 못한 때문이다. 이와 같이 하고서 어찌 능히 강한 적을 막고 적국의 모욕을 당하지 않을 수가 있으랴? 오직 탄식할 노릇이다.

우리 동방은 문헌이 부족해서 이름난 여러 사람에 대해서 성명조차 많이 전하지 못하고 있다.

저 안시성주(安市城主)만 하더라도 그 주먹만한 조그만 성에서 당태종의 10만 대병을 능히 막아내어 포위당한 지 60일이 되어도 항복을 아니하다가 마침내 당 태종이 회군하는 날에 성 위에 올라가서 잘 가라고 전송까지 하였다.

당태종도 그의 끝끝내 항거하는 것을 경탄하여 떠날 때 비단 100필을 주면서,

"그대는 임금을 힘껏 잘 섬기라."

하고 격려까지 하였다.

이러한 사실이 저 《강목(綱目)》[1]에는 소상하게 실려 있지만, 우리 나라 역사에는 성주의 성명마저 빠져 있으니 참으로 애석한 일이다.

상고해 보건대 《월정만필(月汀漫筆)》[2]에는,

'임진왜란 뒤에 명나라 장수가 우리 나라에 많이 나왔는데, 그중에는 구종도(具宗道)란 자가 있었다. 그가 나에게 말하기

---

1) 여기에서는 《통감강목》을 말하는 것으로, 송나라 주희가 지은 중국의 역사책으로 모두 59권임.
2) 조선 선조 때 문신이었던 윤근수가 쓴 글. 월정은 그의 호임. 좌찬성 벼슬에 올랐으며 문장과 글씨에서 뛰어났음.

를, 안시성주의 성명이 양만춘이라고 하였다.'
고 씌어 있다. 또 당태종의《동정기(東征紀)》[3]에 보더라도,
 "내가 얼마 전에 이감사 시발(李監司時發)을 보고 이야기한 암시성주는《당서연의(唐書衍義)》[4]에 나타난 양만춘이다."
하였다. 이 두 가지 글에 기록된 것이 서로 같고 보니 안시성주가 양만춘이란 것은 의심할 것도 없다.

아아! 안시성(安市城)의 공적이 동방에서 으뜸이 된다고 하면 동방 사람으로서는 마땅히 그 이름을 전해 가면서 외어야 할 것이다. 더구나 중국 사람으로도 알고 있는 성명을 우리 나라 사람들이 도리어 전혀 모르고 있으니, 추측해 보건대 그 당시의 사관(史官)이란 사람들이 이 일을 잊어버리고 기록을 하지 않았단 말인가? 그렇지 않으면 여러 번의 병화를 겪어 모든 서적을 잃어버려서 그렇게 되었는가?

아무튼 참으로 수치스러운 일이다.

목은(牧隱) 이색(李穡)[5]의 본집을 상고해 보니, 그중 정관시(貞觀詩)에 말하기를,

'바로 이 주머니 속에 있는 물건이라 하였더니, 검은 꽃이 흰 깃에 떨어질 줄 어이 알았으리〔謂是囊中一物耳 那知玄花落白羽〕.'

이것은 당태종이 동쪽을 칠 적에 화살을 맞고 눈을 다친 것을 풍자한 글이다.

점필재(佔畢齋) 김종직(金宗直)[6]이 이 시(詩)를《청구풍아(青

---

3) 당태종이 지은 고구려를 정벌한 기록.
4) 당서는 당나라 때 정사인데, 여기에 더 보충하고 풀이한 책.
5) 고려의 문신으로 학자. 여말삼은의 한 사람. 목은은 그의 호.
6) 조선 성종 때 성리학자. 점필재는 그의 호. 일찍이 조의제문을 지은 것이 화근이 되어 무오사화가 일어나고 그는 마침내 죽은 후에도 부관참시를 당함.

丘風雅)》[1]라는 책 속에 뽑아 넣고 거기에 주(註)를 달기를,

'당태종의 눈 다쳤다는 사실이 《사기(史記)》에는 나타나지 않았는데, 목은이 이렇게 시를 지어 기록한 것은 추측하건대 목은이 중국에 들어가 유학할 적에 그곳에서 들은 바가 있었던 듯싶다.'

고 하였다. 사가(四佳) 서거정(徐居正)[2]의 《동문시화(東文詩話)》에도 말하기를,

'당시의 사관이 반드시 중국만을 위해서, 번연히 있는 재료도 일부러 없애 버리고 기록을 하지 않은 것이다.'

하였다. 사실 이 눈을 다쳤다는 사실은 중국으로 볼적에는 수치스러운 일임에 틀림없다.

그러므로 당시의 사기에는 싣지 않았을 법도하다.

그러나 우리 나라의 입장에서 볼 때는 한 기적이 될 만한 일인데도 국사나 야사에까지도 하나도 기록한 데가 없으니 그 문헌을 증빙할 수 없는 것이 이같이 심할 수 있단 말인가?

이것은 세상에서 전하는 말이다.

예국(穢國)[3]의 한 시골 노구(老嫗)가 시냇물에서 빨래를 하고 있었는데 알(卵) 한 개가 물 위를 떠 내려 오는데 크기가 마치 박(瓠)만 하다. 노구는 이상히 여겨 이것을 주워서 자기 집으로 갔다 두었더니 얼마 안 되어 그 알이 두 쪽으로 갈라지면서 그 속에서 남자 하나가 나왔는데 얼굴 모습이 보통 사람이 아니었

---

1) 우리 나라의 시 중에서 뽑아 만든 책의 이름. 청구린 중국에서 우리 나라를 일컫던 말. 청은 동쪽을 의미함.
2) 조선 성종 때 문신이며, 학자. 사가는 그의 호임. 벼슬은 좌찬성까지 올랐고, 《경국대전》, 《동국통감》의 편찬을 비고, 《동인시화》, 《동문선》 등 많은 저술을 담겼음.
3) 고조선의 북쪽에 있었던 부족 국가 이름.

다. 노구는 더욱 기특히 여겨 그 아이를 애지중지 잘 길렀다. 그 아이는 나이 6, 7세가 되자 신장이 8척이나 되었고, 얼굴빛은 거무스름하여 마치 성인과 같았다.

그리하여 나중에는 얼굴빛이 검다 하여 검을 여(黎) 자를 성으로 하고 이름은 용사(勇士)라고 불렀다.

이때 예국에는 사나운 호랑이가 한 마리 있어 밤낮을 가리지 않고 나와 다니면서 사람을 수없이 해치니, 온 나라가 모두 걱정만 할 뿐 이것을 제거할 방도가 없었다. 어느날 여용사(黎勇士)는 이웃 사람들을 보고 말하였다.

"내 반드시 저 악한 짐승을 잡아 없애 나라 안의 근심을 덜어 줄 것이오."

그러나 듣는 사람들은 이 말을 믿지 않았다. 아무리 용사란 이름은 가졌지만 어떻게 저 사나운 호랑이를 잡을 수가 있으랴 하고 의심하였던 것이다.

그러나 조금 있더니 별안간 벽력 같은 소리가 나며 서늘한 바람이 불어오면서 집채 같은 목에 얼룩진 대호(大虎) 한 마리가 산기슭에 내려와 앉았다. 호랑이는 흉악한 고함을 지르면서 어금니를 박박 갈더니 번개같이 몸을 날려 저편 용사가 있는 곳으로 뛰어가는 것이다.

이 광경을 보는 사람들은 모두 간담이 서늘해졌다. 그러나 용사는 대수롭지 않게 호랑이의 등에 올라 타더니 한 주먹으로 호랑이의 머리를 쳐서 박살을 내 버리는 것이 아닌가!

그 다음에는 또 이런 일도 있었다 한다.

국가에서 무게가 만근이나 되는 큰 종을 만들어 놓고 옮겨 달고자 하였으나 장사 수백 명이 매달려도 이 종을 움직일 수가 없어 걱정을 하고 있었다.

　용사는 이 소식을 듣고 달려가더니 먼저 옮겨 갈 장소를 안 다음에 한숨에 번쩍 들어 옮겨 놓았다.

　임금이 이 광경을 보고 용사의 힘을 장하게 여겨 항상 자기 옆에 두고 상객(上客)으로 대우해 주었다. 그러나 그가 죽은 곳은 알지 못한다고 한다.

　내가 상고해 보니,《장량열전(張良列傳)》[1]에 말하기를,

　'동쪽을 보고 창해군(滄海君)의 역사(力士)를 얻으니 그가 사용하면 쇠방망이가 120근이나 되었다. 진시황(秦始皇)[2]이 동유(東遊)할 때에 장량이 그 역사와 함께 박랑사(博浪沙)[3]에서 시황을 저격하려다가 딴 수레를 잘못 맞춰서 실수하였다.'

고 한 말이 있고, 또《조선열전(朝鮮列傳)》[4]에 말하기를,

　'조선은 연(燕)나라로부터 진(秦)나라에 이르기까지 시대마다 중국의 신속(臣屬) 노릇을 하였다.'

고 써 있다. 이것을 보면 진한(秦漢) 시대에 조선은 중국과 서로 상통하고 있었던 것을 알 수가 있다.

　또 상고해 보건대, 예국이란 나라는 예전에 강릉(江陵)에 있었다 하며, 이제 오대산(五臺山)에 창해군(滄海郡)이란 옛터가 있다는 토인(土人)들이 전하는 말도 있으니 확실히 믿음직한 말이다. 또는 이수광(李睟光)[5]의《지봉유설(芝峰遊說)》에도 이런

---

1) 사마천이 지은《사기》속에 있는 장량에 대한 기록임.
2) 진나라 초대 임금. 성은 영이고 이름은 정. 6국을 멸하고 천하를 통일해서 스스로 자기를 시황제라고 일컬음. 만리장성을 쌓고 아방궁을 세웠으며, 나중에는 분서갱유 등 죄악을 범함.
3) 중국 하남성 양무현 남쪽에 있음. 장량이 역사와 함께 진시황을 저격하던 곳.
4) 사마천의《사기》에 있는 조선에 대한 기록.

말이 기록되어 있다.

 이런 것으로 추측해 보면 장량이 만나 보았다는 역사는 곧 이 창해용사(滄海勇士)인 듯싶다.

 아아! 당시 장량이 성심껏 노력한 결과로도 중국이란 큰 나라에서 역사 하나를 얻지 못하고 필경에는 우리 이 구석진 조그만 나라에 와서 얻어 갔으니, 그 또한 이상한 일이라고 아니할 수 없다.

 우리 나라가 땅은 비록 작을망정 역대의 인물과 산천의 경치는 대개 중국과 비슷한 데가 많다. 여기에서는 그 절에 대해서 대략 말해 보기로 한다.

 당요(唐堯) 시대에는 우리 단군이 같이 있었고, 무왕(武王)의 시대에는 기자(箕子)가 있었고, 한나라 때에는 위씨(衛氏)가 평양에 도읍하였다.

 당도(當塗)[6] 시대에는 공손(公孫)이 요동을 점령하였고, 오계(五季) 시대에는 삼한이 통일하였고, 명나라 고황(高皇)이 통일할 때에는 우리 태조가 즉위하였다.

 이것은 천지의 기수(氣數)[7]가 중국과 부합되는 때문이다.

 또 보면 연대(燕代)는 삭방(朔方)에 가까운데, 두만은 말갈을 이웃하였고, 민절(閩浙)[8]은 남만을 통하였는데, 내주(萊州)는 대

---

5) 조선 시대 때 문신이자 학자로, 호는 지봉. 벼슬이 이조판서에 오르고, 임진왜란을 전후해 수차 서신으로 명나라에도 왕래함. 《천주실의》, 《속이담》 등을 들여옴. 그가 저술한 《지봉유설》은 우리 나라 실학 발전의 선구가 됨.
6) 한나라 때를 말함. 당도는 한나라 안휘성 회원현에 있는 지명임.
7) 스스로 돌아가는 길흉화복의 운수를 말함.
8) 복건성과 절강성.

마도에 접근해 있다.

  동쪽으로 해염(海鹽)의 이익이 있는 것은 곧 청제(靑齊)와 마찬가지이고, 남쪽으로 생선과 곡식이 넉넉한 것은 오회(吳會)와 비슷한 데가 있다.

  충주의 막희락(莫喜樂)·공유수(恐有愁)는 즉 중국의 구당(瞿塘)[1]과 염예(灩澦)[2]이고, 단천의 마천령(摩天嶺)[3]은 즉 중국의 태행(太行)[4]과 맹문(孟門)[5]인 것이다.

  이것은 산천의 형승이 중국과 서로 비슷한 것이다. 또 고려 때에 김홍술(金弘術)[6]은 자기가 칼날을 받아서 임금을 보전케 하였으니 이것은 곧 한나라 때 기신(紀信)[7]의 일과 같고, 본조(本朝)에 들어와서 정곤수(鄭崑壽)[8]는 명나라 뜰에서 울음을 울어 자기 나라의 일을 이루었으니 이것은 즉 초나라의 신포서(申

---

1) 중국 사천성 봉절현 동쪽에 있는 땅 이름. 삼협의 문으로 일명 광계협이라고도 함.
2) 구당 어귀에 있는 땅 이름.
3) 마천이란 원래 높다는 뜻인데, 여기에서의 마천령은 장백산맥의 한 높은 봉우리로서 우리 나라 함흥 동북쪽에 있는 산임.
4) 태행산맥의 주봉. 중국 산서성 진성현에 있음. 회계·태산·왕옥·수산·태화·기산·양장·맹문과 함께 중국 구산(九山) 중 하나임.
5) 중국 구산의 하나로 산서성 길현 서쪽에 있음.
6) 고려 때 장군으로 후백제의 견훤이 군사 5천을 이끌고 쳐들어왔을 때 이를 맞아 싸우다가 전사함.
7) 한 고조의 충신. 항우가 고조를 형양에서 포위했을 때 기신은 고조를 대신해서 적에게 투항해서 고조를 무사히 탈출시킴. 그러나 항우는 마침내 그를 불에 태워 죽임.
8) 선조 때의 문신. 임진왜란 때 지돈령부사로서 진주사가 되어 중국에 가서 울음으로써 그 나라 병부상서 석성을 움직여 구원병을 파견하게 한 공로가 있음. 그 뒤에 다시 사은사로서 중국에 다녀오는 등 그때의 명나라 외교의 일인자였음.
9) 중국 춘추 시대 초나라 사람으로, 성은 공손. 초나라 대부로서 신 땅에 봉했기 때문에 신포서라고 이름지음. 오나라가 초나라를 침범했을 때 그는 진나라에 가서 후원을 얻어 드디어 오나라 병사를 격파함.

包胥)⁹⁾이다.

김동봉(金東峰)¹⁰⁾의 맑은 절조는 곧 중국의 백이(伯夷)¹¹⁾이고, 서화담(徐花潭)¹²⁾의 수학(數學)은 곧 중국의 강절(康節)¹³⁾이고, 김청음(金淸陰)¹⁴⁾의 굳센 절개는 바로 중국의 소무(蘇武)¹⁵⁾이고, 차식(車軾)¹⁶⁾ 3부자의 문장은 중국 소로천(蘇老泉)¹⁷⁾의 3부자와 흡사한 것이다.

이것은 사람의 재품(才品)이 중국과 더불어 같은 때문이다. 우리 나라를 소중화(小中華)라고 일컫는 것도 이런 때문에 생긴 말이다.

세상에 옛 고적을 말하는 자들은 대개 사실과 어긋나는 점을

---

10) 동봉은 생육신 김시습의 호. 20세 때 삼각산 중흥사에서 글을 읽다가 수양대군이 왕위에 올랐다는 말을 듣고 그는 통분해서 책을 불에 태워 버리고 중이 되어 이름을 설잠이라고 하고 방랑의 길을 떠났음.
11) 은나라 고죽군의 아들로, 왕위를 아우에게 양보하고 무왕이 은나라를 치는 것을 말리다가 듣지 않으므로 주나라 곡식을 먹는 것조차 부끄럽다고 해서 수양산에 들어가 고사리를 캐먹고 살다가 굶어 죽었다 함.
12) 조선 성종 때의 학자. 이름은 경덕이며, 화담은 그의 호. 벼슬을 하지 않고 개성 동문 밖 화담에 초막을 짓고 진리를 탐구하기에 전심해서 이기론의 본질을 연구함. 황진이 · 박연폭포와 함께 송도삼절이라고 불림.
13) 중국 송나라 때 학자 소옹. 자는 요부이고, 강절은 그의 시호. 도서선천상수의 학문과 역학에 정통함.
14) 청음은 김상헌의 호. 병자호란 때 예조판서로서 척화를 주장한 탓으로 이듬해 강화가 성립되자 파직당했고, 또 청나라에서 명나라를 공격하기 위해 요구한 출병을 반대했다 해서 이듬해 심양으로 잡혀갔음.
15) 중국 한나라 두릉 사람으로 자는 자경. 중랑장으로서 흉노에 사신으로 가서 감금당했는데, 음식을 먹지 못하고 눈(雪)을 주워 먹고 연명하다가 다시 북해로 옮겨 가서 풀열매를 따먹고 살았음. 그 뒤 19년 만에 살아 돌아와서 관내후에 봉함.
16) 조선 중종 때의 학자. 평생을 글을 읽고 후진을 양성하는 것으로 일삼았으며, 아들 천로 · 운로와 함께 삼부자가 모두 당대에 문장으로 이름을 떨침.
17) 중국 당나라 때 소순으로, 노찬은 그의 호. 아들 동파. 소식과 소철로 더불어 삼부자가 모두 문장으로 이름을 날림.

많이 말하는데, 듣는 자로서도 사실을 자세히 모르고서 자기가 들은 대로 그대로 옳다고만 고집한다. 그러나 유식한 자는 감히 속일 수가 없을 것이다.

세속에서 전하기를, 당(唐)나라 소정방(蘇定方)[1]이 고구려로 해서 백제를 쳐들어 갈 때에 앞에 큰 강물이 가로 놓여 있는데 갑자기 캄캄한 안개가 끼면서 풍랑이 일기 시작하므로 배가 도저히 건너갈 수가 없었다.

이때 술객(術客)[2]한 사람이 말하기를,

"이것은 강물 속에 있는 용의 조화로, 백제를 수호하고 있는 것입니다."

하는 것이다. 이에 소정방은 흰 말 한 필을 잡아서 이것을 미끼로 하여 물 속에 있는 용을 낚은 다음 강을 건너 백제성을 포위하였다는 것이다.

이렇게 되고 보니 모든 왕후(王后)와 궁녀들은 다 대왕포(大王浦) 바위 위로 달아나서 물에 떨어져 죽었다. 그래서 지금까지도 이 바위를 낙화암(落花岩)이라 부른다.

낙화암 남쪽 2리쯤 되는 곳에 한 덩어리 조그만 바위가 있는데 이것을 조룡대(釣龍臺)라고 하여, 고금 시인들이 모두 시로 엮어서 많이 노래 부르고 있다.

숭정(崇禎) 갑오년에 우리 아버님께서 호서아사(湖西亞使)로 계실 때의 일이다.

나는 그 당시 어린 나이로 아버님을 따라 부여 백마강(白馬

---

1) 당나라 무읍 사람으로, 이름은 열. 정방은 그의 자. 백제를 쳐서 삼국을 평정하고 왕을 사로잡음.
2) 풍수·복서·점술 등에 정통한 사람.

江)에 있는 조룡대에 올라가 본 일이 있다. 사람들이 말하기를,
"소정방이 바위 위에 서서 낚시를 던지고 용을 끌어낼 때에 용은 잡히지 않으려고 발로 버티고 있고, 소정방은 용을 잡으려고 힘껏 잡아 올렸다 한다. 그래서 용이 버티고 있던 곳도 돌이 깊이 패고, 소정방이 섰던 곳도 신 자국이 반쯤이나 패었다 하며, 용의 허리가 걸렸던 곳에는 마치 큰 기둥을 진흙 가운데도 끌어가는 듯한 각 조각으로 된 비늘 자국이 완연히 보인다."
고 한다. 사실 이것은 아무리 능란한 공장을 시켜서 정밀히 만든다 하더라도 이같이 교묘하게 만들지는 못하였을 것 같다. 참으로 이상한 일이다.

그러나 다만 백마강 남북쪽이 바로 고구려와 백제의 양국 경계였는데, 소위 조룡대라는 것이 백제 땅에 속하는 강 언덕에 있으니, 소정방이 어찌 용을 낚기도 전에 저편 언덕으로 먼저 건너갈 수가 있었으랴? 그런 까닭에 나는 여기에 대해서 다만 제동야인(齊東野人)³⁾의 말이라고 일소에 붙일 뿐이다.

우리 동방⁴⁾은 은태사(殷太師)⁵⁾가《맥수가(麥秀歌)》⁶⁾를 노래한 이후로부터 대마다 중국의 풍화(風化)를 사모하여 문학하는 선비가 전후에 많이 났다.

고구려에 있어서는 을지문덕(乙支文德)이 있고, 신라에 있어

---

3) 사리를 분별할 줄 모르는 시골뜨기. 제나라 동쪽 지방 사람들은 어리석어서 그들의 말은 믿을 수가 없었다는 데서 나온 말.
4) 여기서는 옛날 우리 나라를 말함.
5) 은나라의 기자를 말함.
6) 기자가 은나라의 옛 도읍을 지나다가 지은 시. 나라의 멸망을 탄식한 내용임.

서는 최치원(崔致遠)¹⁾이 있었다. 고려 500년 동안에 있어서는 문장으로 세상에 전한 자가 무려 수십 명이나 된다.

김부식(金富軾)²⁾ · 이규보(李奎報)³⁾ · 정지상(鄭知常)⁴⁾ · 이인로(李仁老)⁵⁾ 같은 이는 각각 그 이름을 드날렸고 그 다음으로는 익제(益齊)⁶⁾가 비로소 고문사(古文詞)로 이름을 떨쳤으며, 여기에 이어 가정(稼亭)⁷⁾ · 초은(樵隱)⁸⁾이 따라서 화답하였다.

목은(牧隱)에 이르러서는 이런 가정의 교훈을 받은 위에 북쪽으로 중국까지 유학하여 사우(師友)의 연원(淵源)을 이미 얻었고, 또 본국으로 돌아와서도 모든 선비들을 가르쳐서 많은 진취가 있게 하였으니 포은(圃隱) · 도은(陶隱)⁹⁾ · 호정(浩亭)¹⁰⁾ · 척

---

1) 신라 시대의 석학. 호는 고운. 12세에 당나라에 유학해서 18세에 과거에 급제했음. 그의 토황소격문은 특히 유명함. 말년에 어지러운 세상을 통탄하고 각지를 유랑하다가 가야산 해인사에 들어가 여생을 마쳤다고 함. 문장 · 글씨에 능했다. 저서로 《규원필경》이 전함.
2) 고려 때 문신으로 묘청의 난을 평정했음. 《삼국사기》 50권을 편찬함. 벼슬은 집현전 태학사 겸 태자태사에 이르렀음.
3) 고려 시대의 문인으로, 호는 백운거사. 시를 매우 잘 지었는데, 호탕하고 활달한 시풍으로 당대를 풍미했음. 몽고군의 침입을 진정표로 격퇴했다는 유명한 이야기도 전해오고 있음.
4) 고려 시대의 시인으로, 묘청의 난에 관련되었다고 해서 참살당함. 당시의 뛰어나게 꼽은 12시인 중 한 사람.
5) 고려 시대의 학자로, 글과 글씨에 뛰어났음. 스스로 해좌칠현이라고 일컬음.
6) 고려 시대의 대학자로, 이름은 이제현이며, 익제는 그의 호. 벼슬이 정당문학까지 오르고 《역옹패설》 등 많은 저술을 했으며, 그의 문학에서 많은 학자들이 배출되었음.
7) 고려 시대의 학자로, 이름은 이곡이며, 가정은 그의 호. 원나라 제과에 제2갑으로 급제했으며, 고려에서는 벼슬이 정당문학에 이름. 그의 저술 중에 가전체 소설 〈죽부인전〉이 있음.
8) 고려 시대 문신. 이름은 이인복이며, 초은은 그의 호.
9) 고려 시대 문신 이숭인의 호. 여말삼은의 한 사람.
10) 하륜의 호. 벼슬은 좌의정에까지 올랐음. 시문에 능했으며, 음양 · 의술 · 지리에도 정통함.

약재(惕若齋)[11] · 양촌(陽村)[12] · 삼봉(三峰)[13]은 다 그의 문인들
이다.

조선 시대에 이르러서는 문장이 날로 진전되어 어깨를 겨루
고 걸음을 댈 정도로 고려 · 신라에 비교한다면 더욱 성한 편이
어서, 하나나 둘로 셀 정도가 아니었다.

그러나 내가 선배들에게 들은 대로 말한다면, 그중의 대가(大
家)로는 사가(四佳) · 점필재(佔畢齊) · 읍취헌(挹翠軒)[14] · 용재
(容齋)[15]가 있고, 정종(正宗)으로는 고죽(孤竹)[16] · 귀봉(龜峰)[17]
이 있고, 또 기재(企齋)[18] · 호음(湖陰)[19] · 간이(簡易)[20] · 동악(東
嶽)[21] · 석주(石洲)[22]가 있고, 이치(理致)로는 충암(冲庵)[23] 같은

---

11) 김구용의 호. 정주학을 일으켜 척불숭유 사상을 앙양시켰음.
12) 고려 시대의 문신이었던 권근의 호. 벼슬이 세자좌빈객에 이르고, 경학에 밝아 《사서》 · 《오경》의 구결을 정한 외에 《동국사약》의 찬술 등 저작이 많음.
13) 조선 건국 공신인 정도전의 호. 척불숭유를 국시로 삼은 정치를 했으나, 뒤에 태종에게 살해되었음. 《고려사》를 편찬함.
14) 조선 시대 때의 문인 박은의 호. 경연관으로 유자광 등을 극언하다가 파직당한 후, 산수를 즐기고 놀며 시와 술로 여생을 보냄. 갑자사화 때 처형당함. 이조 500년의 으뜸가는 시인으로도 침.
15) 조선 중종 때의 문신인 이행의 호. 벼슬은 우의정 · 대제학을 지냄. 《동국흥지승람》을 편찬함. 문장과 글씨에 뛰어났음.
16) 최경창의 호. 시와 글씨에 능하고, 피리를 잘 불었음. 청백리에 뽑힘.
17) 당시 8대 문장가의 한 사람이었던 송익필의 호. 후진을 양성해서 많은 후배를 배출했음.
18) 신숙주의 손자 신광한의 호. 양관대제학을 겸임함. 문장에 능하고 글씨에 뛰어났음.
19) 정광필의 조카 정사룡의 호. 벼슬은 대제학에 올랐고, 시문과 음률에 능했음.
20) 최립의 호. 시에 뛰어났으며 명문장가의 칭호를 받았다. 차천로의 시, 한호의 글씨와 함께 송도삼절이라고 일컬음.
21) 조선 선조 때 문신인 이안눌의 호. 예문관 제학을 지냈으며 청백리에 뽑혔음.
22) 조선 선조 때의 문인. 유희분 등 척족들의 방종을 비방한 궁류시가 말썽이 되어 임금의 친국을 받고 유배되어 귀양가던 중 폭음해서 중도에서 죽었음.
23) 김정의 호. 시문과 그림에 능했음. 조광조의 기묘사화 때 사사됨.

이가 혹은 화평하고 전아(典雅)하기도 하며, 혹은 웅혼(雄渾)하고 경건(勁健)하기도 해서, 모두 전후의 우익(羽翼)이 되어 국가에 이바지한 바가 많다.

근세에 있어서는 동명정공(東溟鄭公)[1]이 사단(詞壇)[2]에 깃대를 세우고 한 시대에 이름을 떨쳤는데, 이는 서한(西漢)의 문체와 성당(盛唐)[3]의 시법(詩法)을 겸비하였다고 할 수 있다.

김청음(金淸陰)의 이른바, 수백 년 동안에는 이러한 기격(氣格)이 없었다고 한 말이 어찌 헛말이었으랴?

명나라 사신 주량지(朱梁之)가 우리 나라에 왔을 때 서경(西坰) 유근(柳根)[4]이 원접사(遠接使)[5]가 되고, 허균(許筠)[6]은 종사관(從史官)[7]으로 그를 맞게 되었다. 어느 날 주량지(朱梁之)가 허균에게 말하기를,

"위국에서 신라 때로부터 오늘날까지 시가(詩歌)로 가장 좋다는 것을 골라서 나에게 달라."

하였다. 허균은 이 말을 듣고 책 네 권을 만들어 그에게 주었

---

1) 정두경의 호. 풍시를 지어 임금에게서 호피를 하사받음. 시문에 뛰어났으며, 시조 2수가 전함.
2) 문단을 일컬음.
3) 당의 시를 논할 때 초·성·중·만의 4기로 나눈다. 성당은 그중의 극성 시대.
4) 조선 명종 때의 문신으로, 호는 서형, 벼슬을 좌찬성. 광해군 때 폐모론을 반대했다고 해서 관직에서 쫓겨남. 정묘호란 때 강화로 왕을 모시던 도중 통진에서 죽음.
5) 중국 사신을 멀리까지 나가서 맞아들이던 임시 벼슬.
6) 조선 선조 때 문신으로 소설을 썼다. 호는 교산. 광해군 때 진주부사로 명나라에 갔을 때 천주교의 기도문을 얻어 옴. 벼슬이 좌참찬에 이르고, 김우성 등과 반란을 꾀하다가 능지처참을 당함. 그의 소설《홍길동전》은 당시 사회 제도의 모순을 비판한 대표적인 작품. 시문에 뛰어난 천재이며, 여류 시인 난설헌의 동생임.
7) 봉명사신의 임시 수행원 중 한 사람.

다. 그는 보기를 마치고 허균에게 말한다.

"그대가 골라 준 시를 내가 밤을 세워 가면서 촛불을 돋우고 보았는데, 고죽(孤竹)은 기운이 약한 듯하고 이인로(李仁老)와 홍간(洪侃)[8]의 시가 제일인 듯싶소."

홍간의 호는 홍애(洪厓)로서, 나에게는 10대조가 되는 분이다. 주 태사(朱太史)는 또 말하기를,

"이숭인(李崇仁)의 오호도(嗚呼島)와 김종직(金宗直)의 금강일출(金剛日出)과 어무적(魚無迹)[9]의 유민탄(流民歎)이 그중에서는 가장 좋고, 최달(崔達)[10]은 체재는 대복(大腹)[11]과 비슷하나 그릇이 크지 못하며, 노수신(盧守愼)[12]은 강력하고 함축성 있는 품이 감주(弇州)[13]에 비교하면 조금 고집이 있는 듯하나 오언율(五言律)은 두시(杜詩)의 법을 깊이 얻었다 하겠다. 이색(李穡)의 모든 작품은 부벽루(浮碧樓) 한 편에 미칠 수가 없다. 그리고, 귀국의 시는 대개 음향에 밝으니 귀한 일이라 하겠다."

하였다. 그는 계속하여 이달(李達)[14]의 창랑가(滄浪歌)를 높이 읊고 무릎을 치면서 말한다.

---

8) 고려 시대 시인으로, 호는 홍애. 시문에 능했고 시풍이 청려했음.
9) 조선 시대 때의 시인.
10) 조선 시대 때의 시인.
11) 중국 하경명의 호. 명나라 때 신양 사람. 이몽양과 함께 시문에 능했음.
12) 조선 선조 때 문신으로 영의정의 벼슬에 이름. 호는 소재. 문장과 서예에 능했을 뿐 아니라 양명학도 깊이 연구해서 주자학파의 공격을 받음. 한편 휴정 등 명승과 교제해서 그 학문이 불교의 영향을 받기도 했음.
13) 중국 왕감주. 이름은 세정, 시문에 능했음.
14) 조선 시대 때 시인으로, 호는 손곡. 문장에 능해 선조 때 한리학관이 되었으나 곧 물러남. 문인 최경창·백광훈과 함께 당시로써 삼당이란 칭호를 들음.

"이런 작품은 이태백(李太白)[1]에 거의 이르렀다고 말할 수 있다."

이에 허균이 묻는다.

"그대는 일찍이 감주를 만난 일이 있습니까?"

태사가 대답한다.

"내 계사년 봄에 태창(太倉)에 가서 감주를 만나 본 일이 있습니다. 당시 그는 남사구(南司寇)의 벼슬을 그만두고 시골에 있을 때입니다. 키는 중키를 넘지 않으나 눈의 정기가 별빛과 같았습니다. 그는 거처하는 화원(花園)에다 고고(考古)·박고(博古)라는 서당을 짓고, 여러 친구 문도(門徒)들과 더불어 시 짓고 술 마시는 것으로 사업을 삼았습니다. 술을 날마다 대여섯 말씩 마시건만 취하지 않았으며, 시문을 요청하는 자가 있으면 몸종을 시켜서 거문고를 타고 붓을 들어 글을 이루니, 그 자리에서 즉시 수응하였습니다. 또, 내가 그의 학문과 문장에 대한 공부의 내용을 물어 보았더니, 그는 이렇게 대답하였습니다. 즉, 젊었을 때에 망령되어 육방옹(陸放翁)[2]의 신기한 맛을 좋아하였더니, 노경(老境)에 이르러 보니 고정(考亭)[3]께서 훈계하던 사자(四子)로 제일의(第一義)를 삼으라고 한 말이 가장 절실한 말이란 것을 비로소 깨달았습니다. 또 문장에 있어서는 사람마다 모두 능할 수가 없는 것이나, 이우린(李于鱗)[4]이 말한 《선진

---

1) 당나라 때 대시인. 이름은 백으로, 태백은 그의 자, 호를 청련거사라고 함. 두보와 같은 때 사람인데 두보의 시풍이 사실주의임에 비해 이백은 낭만주의의 경향이 농후함. 두보와 함께 시종(詩宗)이라고 일컬음.
2) 송나라 때 산음 사람. 이름은 유이며, 방옹은 그의 호. 어려서부터 문명을 날렸고 시에 가장 뛰어났음.
3) 주자를 말함.

서한문(先秦西漢文)》과 《한위고시(漢魏古詩)》와 《성당근체(盛唐近體)》를 불가불 읽어야 할 것입니다. 소장공(蘇長公)⁵⁾의 시문이 가장 적합하고 근리해서 배우기가 쉽다고 하기에 나도 역시 《백부소시(白賦蘇詩)》로 법을 삼았습니다."

그는 또 물어 보기를,

"요즘 한각(翰閣)⁶⁾에는 누가 시를 제일 잘합니까?"
하였더니, 그는 대답한다.

"남사중(南師中)·구대상(區大相)·고기원(顧起元)이 모두 잘하는 자들이며, 지금 병부랑(兵部郞)으로 있는 조사제(肇謝淛)는 이미 대복(大腹)의 경지에 이르렀다고 할 수 있을 것입니다."

태사는 돌아갈 때 쾌재정(快哉亭)에 이르러, 허균을 불러 또 오랫동안 이야기하고 다시 말하기를,

"동방의 시로는 유춘호(柳春湖)⁷⁾가 제일이 될 것입니다."
하니, 그의 부사(副使)가 말한다.

"그의 시는 기운이 강하고 말이 높기는 하지만 시격(詩格)을 모르는 자입니다."

태사가 이 말을 듣고 또 말한다.

"시격은 비록 모른다고 하겠으나, 그 문장이 심히 무게가 있어 그래서 이 시가 제일 좋다고 한 말이오."

---

4) 때 사람. 이름은 반룡이며, 자는 우린. 어려서는 고독하고 가난했으나 시가에 능했음. 섬서의 제학부사, 하남 안찰사를 역임. 왕세정 등과 더불어 후칠자 중 한 사람임.
5) 동파. 식과 철이 모두 문장인데, 동파가 맨위라는 데서 나옴.
6) 문단.
7) 유영경의 호. 벼슬은 우의정에 이름. 소북파의 우두머리로 뒤에 대북 일파의 탄핵을 받아 사사됨.

대개 이때, 유영경(柳永慶)이 수상(首相)으로 있었으나 시문은 알지 못하기 때문에, 그가 창화(唱和)한 시는 한 최동고(崔東皐)[1]가 지어 주었던 것이다.
　이것으로 본다면 태사는 실로 시를 아는 자라 하겠다. 태사의 이름은 지번(之番)인데, 감조의 문인으로서 당시 문장에 능하였던 사람이라 한다.

　옛 사람들의 이야기하는 말에 대구가 많이 있는 것은 대개 연구(聯句)에서 유래된 것이다. 왕형공(王荊公)[2]이 유공부(劉貢父)[3]에게 말하기를,
　"삼대 하상주(三代夏商周), 즉 3대의 하나라, 상나라·주나라의 대구가 있는가?"
하고 물었다. 공부는 즉시 대답하기를,
　"사시 풍아송(四時風雅頌), 즉 4시의 풍(風)과 아(雅)와 송(頌)이 아닌가?"
하니, 형공은 무릎을 치면서,
　"참으로 천생(天生)의 대구로군."
하였다 한다. 요동에서 온 사신이,
　'삼광(三光)은 일월성(日月星)이로다.'
하고서, 여기에 대구를 채우라 하였다. 이때 동파(東坡)가 대답하기를,
　'사덕(四德)은 원형리(元亨利)로다.'

---
1) 최립의 호.
2) 송나라 때의 학자인 왕안석.
3) 송나라 때의 학자인 유공비.

하였다. 옆에서 듣고 있던 사람이,
"어째서 사덕 중에 곧을 정(貞) 자를 빼놓고 대를 채우느냐?"
하고 묻자, 동파는 대답하기를,
"그 자는 성휘(聖諱)가 아니오?"
하니, 더욱 대구가 묘하게 되었다 한다. 이 밖에도 고금에 수작한 대구가 한두 가지가 아니다.
'오행(五行)은 수화금목토(水火金木土)라.'
한 대구는,
'오위(五位)는 공후백자남(公侯伯子男)이라.'
라고 채웠다. 또,
'기신과 한신은 모두 거짓 화제요 거짓 임금이다.'
한 대구는,
'중니와 모니는 모두 대성이요 대각이로다.'
하고 채웠다.
'이양은 오얏나무를 가리켜 자기의 성을 삼았으니 날 때부터 성을 알았도다〔李陽 指李樹而爲姓 生而知之〕.'
한 말의 대구는,
'마원은 말가죽으로 시체를 쌌으니 필경 죽고야 말았다〔馬援以馬革裏屍 死而後已〕.'
하였다.
'매미는 날개로 울음을 우니 자기 입으로 소리를 낼 뿐만 아니로다〔蟬以翼鳴 不啻若自其口出〕.'
한 것을,
'용은 뿔을 가지고 소리를 들으니 귀가 부족해서 그러한가〔龍將角廳 謂其不足於耳歟〕.'

하고 대구를 채웠다.
 또 어느 사람은,
 '추맹자와 오맹자와 시인 맹자는 하나는 사나이이고 하나는 계집이니 남자도 여자 같고 여자도 남자 같다〔鄒孟子 吳孟子 詩人孟子 一男一女 似男似女〕.'
 이런 대구는,
 '주선왕과 제선왕과 사마선왕은 하나는 임금이고 하나는 신하이니 임금도 아니요 신하도 아니로다〔周宣王 齊宣王 司馬宣王 一王一臣 不君不臣〕.'
하고 채웠다. 또,
 '희경의 여섯 가지는 간방·손방·감방·태방·진방·이방이로군〔羲經六子 民選坎兌震离〕.'
한 말을,
 '주례의 한 책은 하늘과 땅과 봄·여름·가을·겨울로 되어 있다〔周禮一書 天地春夏秋冬〕.'
 라고 대구를 채웠다. 어느 사람이,
 '관음대사는 묘음·범음·해조음을 다 내는가〔觀音大師 妙音 梵音 海潮音〕.'
하고 말하자,
 '제생여래는 인상·아상·중생상을 다 가지고 있다〔諸生如來 人相 我相 衆生相〕.'
하고 대구를 하였다. 또 이런 대구도 있다.
 '초승달도 활 같고, 그믐달도 활 같으니 상현궁이요, 하현궁이오〔初月 如弓 殘月 如弓 上弦弓 夏弦弓〕.'
 '아침 놀도 비단 같고 저녁 놀도 비단같으니 동천 비단이요,

서천 비단이오〔朝霞 似錦 晩霞 以霞 東天錦西天錦〕.'

'새로 나는 대나무는 마치 촌 할머니가 명절을 만난 듯이 얇은 분칠을 하였네〔新竹 似村姑遇節 略施薄粉〕.'

'떨어진 매화는 늙은 기생의 아랫도리와 같아서 아직도 향기가 남았네〔落梅 如老妓下梢 猶帶餘香〕.'

고려 때 이목은(李牧隱) 색(穡)이 중국에 들어가 과거에 급제하였다.

이때 학사(學士) 구양현(歐陽玄)이 그를 편방(偏邦) 사람이라 하여 경솔히 여겨 글 한 짝을 지어서 조롱하는 것이다.

'짐승의 발자취와 새의 발자취가 어찌 중국에 와서 왕래하느냐〔獸蹄迹之道 交於中國〕.'
하자, 목은은 즉석에서 대답하기를,

'개 짖고 닭 우는 소리가 사방에 들려오고 있다〔犬吠鷄鳴之聲 達于四境〕.'
하여 구양현을 놀라게 하였다는 것이다. 짐승의 발자취와 새의 발자취가 어찌 중국에 와서 다니느냐 한 것은 우리를 극도로 멸시하여, 너희들 새나 짐승 같은 것들이 어찌 감히 우리 중국 땅을 더럽히느냐 하는 글이다.

그러나 여기에 화답한 목은 시가 더욱 묘하다. 개짖는 소리, 닭 우는 소리가 사방에 들려습니다. 즉 이것은 우리 조선을 새나 짐승으로 취급한다면 당신네 중국은 역시 개나 닭이지 뭐냐는 기막힌 풍자였다. 구양현은 기이히 여기고 또 글 한 짝을 지었다.

'잔을 가지고 바다에 들어가니, 바다가 큰 줄 알겠도다〔持盃 入海 知多海〕.'

하자, 목은은 또 즉석에서,

'우물에 앉아 하늘을 보고, 하늘을 작다고 하는도다〔坐井觀天
曰小天〕.'

하고 화답하니, 구양현은 크게 경탄하여 항복하고 말았다.

이때 목은과 성명이 같은 사람이 있었다. 이것을 비유해서 어느 중국 사람이 목은을 조롱하는 말로,

'인상여와 사마상여는 이름은 상여지만 성은 상여가 아니다
〔藺相如 司馬相如 名相如 姓不相如〕.'

하자, 목은은 즉시 대답하기를,

'위무기와 장손무기는 옛날에도 무기요 지금에도 무기다〔魏
無忌 長孫無忌 古無忌 今亦無忌〕.'

하였더니, 그 사람은 일어서서 절하면서,

"동방에는 이런 글재주가 있으니 우리가 공경하지 않을 수
없도다."

하고 목은을 자기들의 스승으로 대우하였다는 이야기이다.

아아! 목은의 이 세 차례 화답한 글은 다만 글의 대구로서만 용할 뿐이 아니라, 실로 문장과 이치가 모두 구비해서 하늘의 조화로 자연을 이루어 놓은 것과 같으니, 실로 그는 동파(東坡)나 그 밖의 이와 대등한 여러 사람에게 못지않다 하겠다.

옛날부터 중국 사신이 왔다 갈 적에는 언제나 시문(詩文)을 지어 서로 즐긴 일이 많다.

고려 때 어느 한 사신이 우리 나라에 왔다가 관반(館伴)[1]을

---

1) 서울에 묵고 있는 외국 사신을 접대하기 위해 임시로 임명한 벼슬로 이를 관반사라고 했음.

보고 글 한 짝을 불러 보라고 말하였다. 관반이,
 '장량과 항우가 일산 하나를 가지고 다투는데 장량은 양산(良傘＝陽傘)이라 하고, 항우는 우산(羽傘＝雨傘)이라고 하였다〔張良 項羽 爭一傘 良曰陽傘〕.'
고 하자 중국 사신은 화답하기를,
 '허유와 조조가 표주박 하나를 가지고 다투는데 허유는 기름바가지라 하고 조조는 초바가지라고 한다〔許由 晁錯 爭一瓢 錯曰酷瓢〕.'
하였다. 또 중국 사신으로 온 당고(唐皐)는 어느 날 관반을 보고 글 한 짝을 지으라 하였다. 관반이,
 '금슬과 비파는 큰 임금이 여덟이나 되니 일반 사람의 두목이다〔琴瑟琵琶 八大王 一般頭目〕.'
하고 부르자, 당고는 즉석에서 화답하기를,
 '이매와 망량은 작은 귀신이 넷이나 되니 제각기 배짱이 다르다〔魑魅魍魎 四小鬼 各自肚腸〕.'
하였다. 또 한 사신은,
 '여자와 남자가 어깨를 겨루었으니 인간의 좋은 것을 지을 것이로다〔女男比肩 合作人間之好〕.'
하니, 이번에는 관반이 화답하기를,
 '해와 달이 몸을 같이 하여 천상에 밝음을 지었도다〔日月齊體麗爲天上之明〕.'
하였다. 또 한 사신은,
 '동방삭과 서문표와 남궁괄과 봉공유는 동·서·남북의 사람이다〔東方朔 西門豹 南宮适 北宮黝東西南北之人〕.'
하니, 관반이 응구첩대로,

'좌청룡·우백호·전주작·후현무는 좌우 전후가 모두 산이다〔左靑龍 右白虎 前朱雀 後玄武 左右前後之山〕.'
하고 화답하니 중국 사신은 참으로 문장에 능하다고 칭찬하였다 한다. 중국 사신 기순(祈順)이 왔을 때 글 한 짝을 지어,

'삼각산 형상은 삼각으로 서 있도다〔三角山形 三角立〕.'
하니 김괴애(金乖崖)가 대구를 맞추기를,

'연미정은 흘러 제비꼬리처럼 나누어졌다〔燕尾亭流 燕尾分〕.'
라고 하였다. 이것은 연미정이 한강 어귀에 있기 때문에 한 말이다.

모재(慕齋)가 선위사(宣慰使)[1]가 되었을 때 일본에서 온 중이 글 한 짝을 불러,

'얼음 한 점이 녹아서 도리어 물이 된다〔氷消一點還成水〕.'
하니, 모재가 대답하기를,

'나무가 쌍으로 서 있으면 문득 숲이 된다〔木立雙株便成林〕.'
하니, 그 중이 탄복하였다 한다. 이러한 대구들은 혹은 중국 사신들이 칭찬한 바 되었고, 섬나라 사람들을 놀라게 하였으니 이런 문장, 이런 문화가 어찌 쉽게 있을 수 있으랴?

명(明)나라 태종황제(太宗皇帝)[2]가 정월 보름날 글 한 짝을 지어서 여러 신하들에게 내리어 대를 맞추라고 하였다. 그 글은,

'등잔도 밝고 달도 밝으니 대명이 일통이로다〔燈明月明 大明一統〕.'
한 내용이다. 이것을 보고 한 신하가 화답하기를,

---
1) 난리나 큰 재해가 있은 뒤에 임금의 영을 받들어 백성들의 괴로움을 위로하던 임시 벼슬.
2) 명나라 제3대 임금 성조.

'임금도 즐겨 하고 신하도 즐겨 하니 영락만년입니다〔君樂臣樂 永樂萬年〕.'

하였다. 이 영락이라는 것은 태종의 연호였으므로 태종은 크게 기뻐하여 이 글을 지은 신하에게 후한 상을 주었다 한다. 우리 성종조(成宗朝) 때 영남의 어떤 선비가 서울에 왔다.

어느 날 반궁(泮宮)[3]에 들어가서 여러 선비가 함께 공부를 해보려 하였으나 여러 선비들은 이를 허락하지 않았다. 영남 선비는 무안을 당하고 그대로 돌아가게 되었다.

그는 반궁 담 밑을 지나다가 때마침 궁문 안에 꽃이 만발한 것을 보고 이것을 두루 구경하고 있노라니, 갑자기 성종(成宗)이 견여(肩輿)[4]를 타고 궁 안에서 나오는 것이다.

선비는 숨을 겨를이 없어 그대로 땅에 엎드려 있을 수밖에 없었다.

임금은 그 선비를 보자 묻는다.

"너는 웬 사람인데 감히 여기에 들어왔느냐?"

선비는 자기의 일을 사실대로 아뢰었다. 임금은 말한다.

"네가 시를 지을 줄 아느냐?"

선비는 황공해서 대답한다.

"잘은 못하오나 대강은 아옵니다."

임금은 고개를 끄덕이더니,

"내 글 한 짝을 지을 터이니 이 글에 대를 채워 보라."

하고 글을 왼다.

'금과 은이 보배가 아니라 어진 신하가 보배로다〔金銀非寶 良

---

3) 성균관과 문묘의 통칭.
4) 두 사람이 메게 된 가마의 한 종류.

臣寶).'

　여기에 선비는 얼른 대를 채웠다.

　'해와 달이 밝은 것이 아니라 착한 임금이 밝은 것입니다[日月非明 聖主明].'

　임금은 이 말을 듣자 크게 기특이 여겨 말한다.

　"국가에 과거라는 제도를 설치해 놓은 것은 원래 인재를 취하고자 한 것이다. 너의 글재주를 내가 이미 시험해 보았으니 마땅히 급제를 시켜 주리라."

　성종은 선비를 데리고 궁중으로 들어가 홍패(紅牌)[1]를 내어 주면서 말한다.

　"너는 이 홍패를 품안에 감추어 가지고 반궁에 들어가서 여러 선비들에게 자랑하기를, 그대들은 나를 허여(許與)해 주지 않았지만 나는 이미 과거에 급제하였노라고 하라. 그래도 반궁 선비들이 너를 불신하거든 이 홍패를 꺼내 보이라."

　선비는 임금이 시키는 대로 반궁에 가서 그와 같이 하였다. 이에 반궁 선비들은 놀라고 탄식하지 않는 자가 없었다.

　아아! 이 선비는 글 한 짝의 대를 맞추고서 마침내 급제에 올랐으니 선비의 출세는 그야말로 때가 있는 것이라 하겠다.

　옛날부터 말하기를, 천하에 대구 없는 말이 없다고 한다. 그런 까닭에 아무리 교묘하고 아무리 어려운 글귀라도 반드시 대가 있다는 것이다. 그러나 천하에는 또한 적절한 대를 얻지 못하는 글도 있다.

---

1) 문과 회시에 급제한 사람에게 내주던 증서. 붉은 바탕의 종이에 그 사람의 성적·등급·성명을 적었음.

중국의 사신 고천준(顧天畯)이 일찍이 우리 나라에 왔을 때,
'연기가 못 가에 있는 버드나무를 잠가 놓았다〔煙鎖池塘柳〕.'
는 글귀를 써 가지고 당시 빈상(儐相)²⁾으로 있던 오봉(五峰) 이호민(李好閔)³⁾에게 보내면서 대구를 채워 오라고 하였다.
오봉은 이 글뜻을 깊이 생각해 보지도 않고 쉽게 그 대구를 채워 보내려고 하였다. 이때 마침 종사관(從事官)으로 있던 석주(石州) 권필(權韠)⁴⁾이 그 자리에 함께 앉았다가 말하였다.
"이 글은 함부로 대구를 맞추기가 어려우니 그대로 돌려보내는 것이 좋겠습니다."
오봉은 그서야 비로소 글 내용을 알아보고 석주의 말대로 대구를 채우지 아니하고 돌려보냈다. 고천준은 비로소 탄식한다.
"이 나라에도 역시 시를 아는 자가 있으니 경솔히 대우할 수가 없겠다."
하였다는 것이다. 대개 이 중국 사신의 글은 다섯 글자에 금목수화토(金木水火土)의 오행(五行)이 모두 들어 있었다. 즉, 연기 연(煙) 자는 화(火)요, 자물쇠 쇄(鎖) 자는 금(金)이요, 못 지(池) 자는 수(水)요, 버들 유(柳) 자는 목(木)으로서, 오행이 구비되어 있었던 것이다. 어찌 묘한 글이라 하지 않겠는가?
내가 일찍이 사백(斯百) 김석주(金錫胄)⁵⁾를 따라서 우천교사

---

2) 손님을 접대하는 책임을 맡은 사람.
3) 조선 선조 때 문신으로, 호는 오봉, 시호는 문희. 벼슬은 좌찬성에 이르렀고, 광해군이 즉위한 뒤에 고부청시청승습사로 명나라에 다녀옴. 후에는 고향에 묻혀 소일함.
4) 조선 광해군 때의 유사(儒士)로, 자는 여장, 호는 석주. 뛰어난 시재로 광해군의 비 유씨 척리들의 세력을 풍자하다가 경원부로 귀양갔으며, 뒤에 사형됨.《석주집》이 남았음.
5) 조선 숙종 때 문신으로, 호는 식암, 자는 사백. 벼슬은 우의정까지 올랐으나 간악한 방법으로 남인을 타도하려 한다고 해서 같은 서인들의 의견이 맞지 않아, 노론과 소론으로 갈라졌음.

(牛川郊墅)에 놀 때 긍세(肯世) 한구(韓構)¹⁾도 역시 그 자리에 합석해 있었다.

어느 날 우리는 술을 취하도록 마시고 글로 대구를 짓는데, 응구첩대(應口輒對)로 하기로 하였다. 사백(斯百)은 먼저,

'팥이 마을 복판에 들어오니 도리어 나무가 되었다[斗入村中還作樹].'

라고 부른다. 이에 내가 대구를 채워,

'새가 강가에 오니 문득 기러기가 되었다[鳥來江畔便爲鴻].'

고 하였다. 다음에는 내가 먼저,

'사슴도 뿔이 없지 않으나 도리어 말이 되었다[鹿非無角還爲馬].'

하니 사백은,

'눈으로 지은 요대는 은탕도 치지 못할 것이라[雪作瑤臺湯不伐].'

하고 대를 맞춘다. 이에 나는 한긍세(韓肯世)를 보고 대구를 채우라 하였더니 그는,

'물로 이루어진 은옥은 하우씨도 평정하기 어렵다[水成銀屋禹難平].'

하고 말하였다. 이것을 보고 사백은,

"하우씨(夏禹氏)는 수토(水土)를 평정하였는데 난평(難平)이라고는 말하지 못할 것이니, 난(難) 자를 능(能) 자로 고치는 것이 마땅하다."

하니, 긍세(肯世)도 그 말이 옳다고 하였다.

---

1) 조선 인조 때의 문신으로, 호는 안소당, 자는 긍세. 벼슬이 승지에 이르고 시에도 능했다. 글씨 솜씨 또한 뛰어나 왕명으로 그의 글씨를 자모로 해서 활자를 만들었음.

백호(白湖) 임제(林悌)[2]는 나주(羅州) 사람으로서 문장에 능하고 성질이 호탕해서 세속에 구속되지 않는 선비다. 그는 장차 호남(湖南)으로 놀러 가려 하는데 때는 2월이었다. 백호는 남루한 옷차림으로 글짓는 자리를 찾아가서 말한다.
　"길 가는 사람이 시장기가 심하기로 남은 음식이 있으면 좀 얻어먹을까 하고 찾아왔소이다."
　이때 선비들은 글을 생각하느라고 웅얼거리며 몹시 괴로운 안색들이다. 그들은 귀찮다는 듯이 말한다.
　"우리는 지금 풍월(風月)을 짓고 있는데 네가 감히 당돌하게 이 자리에 들어와서 우리들의 아름다운 글 생각을 어지럽히느냐?"
　백호는 시치미를 떼고 또 말한다.
　"풍월이란 무엇입니까?"
　선비들은 어이없다는 듯이 말한다.
　"풍월이란 저 경치를 가지고 나의 흥취를 돋우어서 그 생각을 글로 표현하는 것이다. 너도 혹시 글을 좀 할 줄 하느냐?"
　백호는 대답한다.
　"제가 감히 글을 알겠습니까? 그대로 말로 하는 것이라면 한 번 지어 보겠소이다."
　선비들은 무슨 생각을 하였던지 이렇게 말한다.
　"그럼 네가 생각한 것을 말로 불러 보아라. 우리가 글을 만들어 주마."

---

[2] 조선 선조 때 문인으로, 호는 백호. 예조정랑으로 있을 때, 동·서로 파당이 되는 것을 보고 한탄한 나머지 심산유곡을 찾아다니면서 소일하다가 여생을 마쳤다고 함. 명문장가. 호탕·쾌활한 시풍의 작품은 널리 애용되었음.

이에 백호는 말로 절귀 한 귀를 지어 부른다.

鼎冠撑石小溪邊
白粉淸油煮杜鵑
雙箸挾來香滿口
一年春色腹中傳

시냇가에 솥 하나 작은 돌로 괴어 놓고,
흰 가루 맑은 기름으로 두견화를 지지는도다.
두 젓가락으로 집어다가 입에 넣으니,
한 해 봄빛을 뱃속에 전하네.

입으로 부르는 백호의 이 시를 듣고 나자, 선비들은 이상하다는 듯이 서로 돌아보면서 백호를 향하여,
"대체 댁의 성명은 무엇이오?"
하고 묻는다. 백호는 웃으면서,
"나는 별 사람이 아니고 백호 임제라는 사람이오."
하니 선비들은 크게 놀라 그를 이끌어 자기들의 상좌(上座)에 앉혔다는 이야기이다.

석주(石洲) 권필(權韠)은 시명이 세상에 자자하여 아이들이나 남의 집 종까지도 모르는 자가 없었다. 일찍이 시골 마을을 지나다가 갑자기 비를 만나 좌수(座首)의 집으로 들어갔다. 그 집 대청 위에는 5, 6명의 선비들이 모여 앉아 술을 마시고 시를 짓고 있었다.

석주는 남루한 옷차림이었다. 그러나 비를 피해 가려니 하는

수 없이 그들이 앉은 말석에 가서 앉으며 좌중에 인사를 청하였
다. 좌중이 묻기를,
"웬 사람이 남의 자리에 불쑥 나타나는가?"
석주는 대답하였다.
"나는 원래 못나서 문무(文武)에는 참여도 할 수 없고, 오직
장사나 좀 해 보려고 동래로 가는 길이외다. 길을 지나다가 마
침 그대들의 좋은 모임을 보고 술한 잔 얻어먹어 갈증을 면하려
고 들어온 것이외다."
여러 선비들은 각기 술잔을 들고 글을 읊다 말고 석주에게 말
한다.
"너도 우리 같은 이런 취미를 아느냐?"
그러나 석주는 대답한다.
"나 같은 비렁뱅이 장사치가 어찌 능히 글 취미를 알겠소이
까? 대체 글 취미란 어떤 것인가요?"
선비들은 웃으면서 대답한다.
"이것은 물형에 감촉되어 흥취가 일어나게 되는 것으로서,
그때그때에 당한 풍경을 그려서 글로 써 내는 것이다. 그렇기에
시라는 것은 산 그림이라는 것이다."
이렇게 말하면서, 그중 한 선비는 자기가 지은 시를 자랑한다.
"내가 지은 이 글귀는 이태백이 살아 있어도 반드시 한 머리
를 양보할 것이다."
옆에 있던 딴 선비가 또 이 말을 받아,
"내가 지은 이런 연구(聯句)는 옛날 두자미(杜子美)[1]로도 하

---

1) 중국 당나라 때 시인으로, 이름은 보, 자는 자미, 호는 소릉.

지 못할 소리다."
하면서 자기가 지은 연귀를 왼다. 딴 선비 하나가 또 말한다.
"자네들이 글 자랑을 하지만 내 시는 꺾어질까 걱정이네."
좌우 선비들이 어수선히 묻기를,
"꺾어질까 걱정이라니, 그게 무슨 말인가?"
먼저 말한 선비가 점잖게 대답한다.
"저 나무를 보게, 너무 높으면 바람에 꺾어지지 않는가? 내 시도 너무 격(格)이 높기 때문에 잘못하다가 꺾어질까 걱정이라는 말일세."
듣던 선비들이 모두 박장대소한다.
그들 중의 한 사람이 석주에게 술 한 잔을 부어 주면서 말한다.
"너는 글을 짓지 못한다 하니 속담 비슷하게 말로 만들어서 우리들의 술자리를 즐겁게 해 보아라."
석주는 술잔을 비우면서 말한다.

書劍年來兩不成
非文非武一狂生
他時若到京城問
酒肆兒童盡誦名

글과 칼 배우긴 하였으나 두 가지 모두 성공치 못하였거니,
문도 아니요 무도 아닌 한 미치광이 되었네.
다음날 그대들 혹시 서울에 와서 물으면,
주막집 아이들도 내 이름 외리.

좌중 선비들은 이상하다는 듯이 서로 얼굴을 마주보면서 중얼거린다.
"이상한 일이다. 저 사람이, 저 사람이 누구길래 저렇게 시를 지을 줄 안단 말인가?"
한 선비가 마침내 석주에게 묻는다.
"시는 훌륭하오만 대체 당신의 이름이 무엇이기에 술집 아이들도 모두 왼다는 거요?"
석주는 목소리를 낮추어 말한다.
"나는 권필이라는 사람이오."
여러 선비들은 깜짝 놀랐다. 그들은 일제히 일어서서 석주에게 절을 하고 그를 이끌어 상좌에 앉히고 술을 권하였다는 이야기이다.
아아! 옛날로부터 현인(賢人)이나 달사(達士)들이 자기의 빛을 감추고 세상을 조롱한 자가 수없이 많다. 그러나 이런 사람들을 검은지 누른지, 암컷인지 수컷인지 정당한 자격을 능히 분별할 줄들을 몰랐으니, 저 시골 선비란 자들이 어찌 임백호와 권석주를 알아볼 수가 있었으랴?

영남(嶺南)에 여씨(呂氏)란 사람이 살고 있었는데, 그 이름은 전하지 않는다.
그는 명경과(明經科)[1]에 급제한 뒤 호서(湖西) 도사(都事)가 되었다.
어느 날 여러 기생들을 데리고 뱃놀이를 나갔다. 배가 백마강

---

1) 고려 시대의 과거 과목 중 하나.

중류에 이르렀을 때 여러 기생들을 돌아보면서 그는 말한다.
"참 아름답구나, 옛 나라의 풍경이여!"
이 말을 듣자 기생 하나가 말한다.
"외국 사신들도 이 곳에 오면 옛 회포를 느끼고 시를 짓지 않는 이가 없습니다. 오늘날 이렇게 좋은 놀이에 어찌 시 한 수가 없을 수 있겠습니까?"
여씨는 사실 시에 능숙하지는 못하였다. 그러나 기생에게 치소를 받을까 걱정하여 시를 지어 보려고 얼마 동안 수염을 비비면서 글 생각에 골돌하였다. 그러나 반나절이 지나도록 여씨는 겨우 글 두 구밖에 짓지 못하였다.
여씨는 하는 수 없이 글 두 구를 가지고 무릎을 치면서 큰소리로 읊으면서 기생들을 향하여 그 글 내용을 해석해 준다.
'생각하건대 옛날 놀던 땅에 음탕한 짓으로 나라는 망하였건만 이것은 강산 경치 좋은 때문일 뿐 의자왕을 죄 줄 것은 없네〔憶昔曾遊地 淫泆國雖亡 江山如此好 無罪義慈王〕.'
이 글 뜻은 말할 것도 없이 옛날에 백제왕이 놀던 곳을 생각해 보니 음탕한 짓으로 인연해서 흥하던 나라는 비록 망하였지만, 그러나 그것은 이 강산의 풍경이 그림같이 좋았던 때문에 세월가는 줄 모르고 놀았기 때문일 뿐, 결코 의자왕의 죄는 아니라는 것이다. 그러니 지금까지도 이 글을 보고 웃지 않는 자가 없다.
아아! 저 명경과에 뽑힌 자로서 소견이 겨우 이것뿐이고 보니, 이를 두고 볼 때 당시 국가에서 인재를 취한 효과가 과연 어디에 있겠는가?

광해(光海)[1] 때에 대북(大北)[2]이 권세를 잡자 그들은 널리 사사로운 당파를 심어 글을 못하는 자까지도 모두 과거에 뽑아 올려 썼다.

영남에 오씨(吳氏)란 사람이 살고 있었다. 그는 과거에 급제하여 한림(翰林)[3]이 되었다. 그는 좋은 말을 타고 서울로 올라오다가 조령(鳥嶺)[4]에 이르러 큰 나무 밑에서 쉬고 있었다.

이때 단풍이 한창이라, 붉게 물든 나뭇잎이 오씨가 앉은 시냇물에 비친다. 옆에서 쉬고 있던 한 선비가 오씨에게 말을 건다.

"이 좋은 경치를 한번 시로 지어 불러 보시오."

한림은 한참 동안 생각하다가 글 한 짝을 읊어,

'바위 위 단풍 물 속에도 같도다〔巖上丹楓水下同〕.'

하면서 짐짓 잘 지었다는 표정으로 선비에게 말한다.

"그대가 능히 내 글을 차운(次韻)해서 짓겠는가?"

선비는 속으로 우습게 생각하면서 즉시 대구를 부르기를,

'한림의 풍월이 본공과 같도다〔翰林風月本孔同〕.'

이라 하였다. 이 본공(本孔)이란 속된 말로 똥구멍이다. 한림은 이 말을 듣자 화를 벌컥 내면서 큰소리로 야단을 친다.

"당신의 조롱이 너무 심하군 그래. 세상에 벼슬 못 한 유학(幼學)이 한림을 보고 그렇게 하는 법이 어디 있단 말인가?"

이것은, 선비는 아무 벼슬도 못 한 유학이고, 자기는 한림 벼

---

1) 조선 제15대 임금. 대북·소북의 정치 싸움으로 임해군과 영창대군의 피살 사건, 국모 서궁 유폐 사건이 일어났음. 인조반정으로 폐위됨.
2) 선조 때 북인 중에서 다시 갈라진 당파. 광해군 때까지 전성했다가 인조반정으로 없어짐. 대표 인물은 이산해·정인홍·이이첨 등.
3) 고려 때의 정3품 벼슬 이름.
4) 경상북도 문경의 높은 고개 이름. 보통 새재라고 부름.

슬을 하였다는 것이나, 이 말을 듣는 사람들은 전해 가면서 웃었다 한다.

아아! 세상에 자기의 직분에 맞지 않은 자가 얼마든지 있다. 이것은 어찌 오한림만이 당한 노릇이랴? 참으로 탄식할 노릇이다.

오성(鰲城) 부원군(府院君) 백사(白沙) 이항복(李恒福)[1]은 젊었을 때부터 희롱과 웃음의 말을 좋아하였다.

일찍이 비국(備國)[2]에서 회의를 할 일이 있어서 여러 재상들이 모두 먼저 모였는데 공은 혼자서 맨 뒤에 도착하였다. 그중 한 재상이,

"백사 대감은 어찌 그리 늦으셨소?"

하고 묻자, 백사는 시치미를 떼고,

"마침 오다가 여러 사람이 싸우는 것을 구경하느라고 그만 시간이 늦는 것을 잊었소이다."

한다. 좌중 사람들이 또 묻기를,

"누가 싸움을 하기에 그렇듯 구경을 하였단 말이오."

하자, 백사는 또,

"어느 환자(宦者) 하나가 중놈의 상투를 잡고, 중은 환자의 불알을 잡고서 큰 길 한복판에서 싸웁니다 그려!"

이 말을 듣자 모든 재상들은 배꼽을 쥐고 웃었다는 이야기이다. 대개 백사의 이 웃음의 말은 비록 일시의 재담으로 한 말일

---

1) 조선 선조 때의 문신, 호는 백사. 벼슬이 영의정까지 오름. 임진왜란의 뒷수습을 한 명신. 청백리가 됨.
2) 비변사를 말함. 조선 때 군대 사무를 맡아서 처리하던 관청. 중종 때 설치되어 처음에는 변방의 충돌을 처리하던 임시 기관이었으나, 명종 10년 을묘왜변 이후 상치아문이 됨. 임진왜란 후에는 정치의 중추 기관으로 변모해서 의정부를 대신하는 최고 아문이 됨.

지라도, 당시 세상 일에 허위가 많은 것을 풍자(諷刺)해서 한 말이다.

　서평 부원군(西平府院君) 유천(柳川) 한준겸(韓俊謙)³⁾은 사위가 넷이 있었다.
　맏사위는 이정 유연(李正幼淵)이며, 다음은 여참판 이징(呂參判爾徵)이요, 셋째는 현곡(玄谷) 정감사 백창(鄭監司百昌)⁴⁾이며, 끝사위는 능양군(綾陽君)으로서 즉 후일의 인조대왕(仁祖大王)⁵⁾이다. 능양군은 인조가 즉위하기 전에 부르던 군호(君號)였다.
　서평(西平)이 일찍이 사위들의 별호를 지어 주면서 웃음의 말을 하였는데, 그 별호는 각각 그 사람의 성질을 따라서 지었다.
　맏사위인 이유연에게는 노지(笯之)라는 호를 지어 주었다. 그것은 유연의 체격이 몹시 비둔(肥鈍)하다는 뜻이다. 다음으로 여이징(呂爾徵)엔 궁지(宮之)라는 호를 지어 주었다. 그것은 그의 성인 여(呂) 자를 따라서 지은 것이다.
　셋째 정백창(鄭百昌)에게는 밀지(密之)라는 별호를 주었다. 이것은 백차의 성격이 몹시 꼼꼼하다는 것을 취한 것이다. 다음으로 인조(仁祖)에게는 총지(寵之)라는 호를 지어 주었으니 이것은 그의 기상이 비상해서 자기가 몹시 사랑하였으므로 이렇게 지어 준 것이다.

---

　3) 조선 선조 때 문신, 유천은 그의 호. 서평부원군에 봉함. 벼슬이 호조판서에 이르렀고, 이괄의 난 때 왕을 공주까지 모심. 정묘호란 때는 세자를 전주까지 모심.
　4) 조선 인조 때 문신. 벼슬이 도승지에 이름. 오랫동안 사관으로 있을 때 이이첨 등 대북 일당들의 비행을 사초에 기재했다가 파직당함.
　5) 조선 제16대 임금. 선조의 손으로 서인에게 옹호되어 광해군을 내몰고 즉위함. 이괄의 난·정묘호란·병자호란 등의 국난을 겪음.

이렇게 다 각각 호를 지어 주자 모든 사위들은 말이 없는데 오직 정백창만이 항상 불만을 품고 있었다. 그 뒤에 서평이 귀양을 가게 되자 백창이 그 장인에게 말한다.

"장인께서 일찍이 나를 밀지(密之)라고 부르시더니 오늘날은 장인께서 귀양을 가시게 되었습니다."

이것은 자기의 호가 밀(密) 자라는 대구로 귀양〔竄〕에서 갓머리를 떼면 쥐 서(鼠) 자가 되기 때문에 자기 장인을 쥐라고 조롱한 말이다. 이 말을 듣자 서평은 한바탕 웃었다는 이야기이다.

배인범(裵仁範)은 명나라 때 이름난 무신(武臣)이다. 그가 일찍이 병사(兵使)[1]로 있을 때의 일이다.

이름을 감진괴(甘眞壞)라고 하는 병졸이 휴가를 얻고자 문서를 가지고 들어왔다. 병사는 문서를 다 읽고 나더니 웃으면서 말한다.

"감진괴하면 부시묘(負枾猫)라는 뜻이로구나. 너희들 중에 이 감진괴의 대구를 맞출 수가 있겠느냐?"

이때 한 막관(幕官)[2]이 꿇어앉으면서 대답하기를,

"꼭 대구가 있기는 합니다만 황송해서 여쭐 수가 없습니다."

하는 것이다. 병사는 웃는 낯으로,

"황송할 게 있느냐? 어서 말해 보아라."

하고 너그럽게 말한다. 막관은 조심스레 대답하기를,

"감진괴의 대구는 꼭 배인범이라면 되겠습니다."

병사는 이 말을 듣고 크게 웃으면서,

"참 용한 대구로다."

---

1) 병마절도사. 각 지방에 두어 병마의 일을 지휘하던 종2품 벼슬.
2) 막부의 일을 맡은 관원. 막부란 대장군의 본영.

하고 후히 상을 주니, 이 광경을 본 상하 사람들은 모두 병사의 넓은 도량을 칭찬하였다는 이야기이다.

　낙주(洛州) 구감사 봉서(具監司鳳瑞)가 일찍이 그 친구인 참판(參判) 나만갑(羅萬甲)[3]의 집에 간 일이 있었다. 마침 손님이 자리에 앉았다가 봉서가 오는 것을 보고 먼저 일어나서 물러가게 되었다.

　봉서는 주인에게 묻기를,

"저 손님은 누구인가?"

하니 주인 만갑이 대답한다.

"그 사람은 봉상봉사 봉일성인데 봉자전에 봉심하러 간다네〔奉常奉事奉一誠 奉慈殿 奉審去〕."

하고 계속해서 말하기를,

"한 사람이 받들 봉(奉) 자를 다섯이나 겸하였으니 여기에 꼭 맞는 대구가 있겠는가?"

하고 봉서를 쳐다본다. 봉서는 즉시 응구첩대하기를,

"나주 나장 나만갑은 나시포에서 나발을 분다〔羅州羅將 羅萬甲 羅市浦 羅鉢吹〕."

고 하였다. 대개 나장(羅將)이란 속어로 하인(下人)의 총칭이며, 나시포란 나주포(羅州浦)라는 말이다. 주인 만갑은 이 말을 듣고 무안해서 아무 대답도 없고, 다만 좌우에 모였던 사람들이 포복절도하였다는 이야기이다.

　《노자(老子)》[4]에 말하기를,

---

3) 조선 선조 때 문신. 형조참의로서 시정을 논하다가 파직당함.
4) 이 책의 지은이인 노자는 주나라 때 학자. 성은 이, 이름은 이, 자는 백양, 시호는 담. 도가의 시조로서 자연 법칙에 기초를 둔 도덕의 절대성을 역설함. 여기에서는 그가 지은 《노자도덕경》을 말함.

'총명하고 지혜 있고 슬기로운 자는 자기 몸 지키기에 어리석은 듯이 한다〔聰明慧智守之如愚〕.'
하고, 장자(莊子)[1]는,
'재주와 재주 아닌 중간에 처한다〔處乎材不材之間〕.'
하였으며, 오흥빈(吳興賓)은 말하기를,
'재주란 교만하게 되는 그릇이요, 남이 꺼리는 창고요, 또는 재화를 일으키는 중매장이라.'
고 하였다. 또한 소자첨(蘇子瞻)[2]은 그 생자시(生子詩)에 이르기를,

人皆養子望望聰
我被聰明誤一生
但願生兒愚且蠢
無才無德到公卿

사람마다 자식 길러 총명함을 바라건만,
나는 이 총명 탓으로 이생을 그르쳤네.
바라건대 아들 낳거든 어리석고 노둔하여,
재주도 덕도 없이 공경에 이르기를.

하였다. 아아! 재주 있는 것은 사람마다 다 같이 원하는 바인데, 옛 사람이 이같이 재주가 없기를 원하였다는 것은 무엇 때문이냐?

---

1) 중국 전국 시대의 사상가이며 도학자. 이름은 주. 만물 일원론을 주장함.
2) 소식의 자. 호는 동파.

그것은 재주가 있고 총명하면서 착하지 못한 것보다는 차라리 재주는 없어도 덕이 있는 것이 낫다는 뜻에서였다.

세상에 재주만 조금 있고서 도(道)를 듣지 못한 자는 또한 경계할 줄을 알아야 하겠다.

사람을 타락시키고, 사람을 버려놓는 것은 시보다 더한 것이 없다고 말한다. 옛 사람도 남의 참소를 듣고 지었다는 청참시(聽讒詩)가 있는데 거기에 말하기를,

讒說愼莫聽
聽之禍殃結
君聽臣當誅
父聽子當訣
夫妻聽之離
兄弟聽之別
朋友聽之疏
骨肉聽之絶
堂堂八尺軀
莫聽三寸舌
舌上龍泉劒
殺人不見血

참소로 하는 말은 아예 듣지도 말라,
이 말 들으면 재앙이 생겨나네.
임금이 들으면 신하를 죽이게 되고,

아비가 들으면 자식과도 영결일세.
부부간에 듣고 보면 생이별 쉽고,
형제간에 이 말 믿으면 헤어지게 되리.
친구간에 들으면 친한 사이도 벌어지고,
골육간에 듣게 되면 끊어지고 말 것일세.
8척이나 되는 당당한 몸뚱이가,
3치 되는 혓바닥 믿지 말라.
혓바닥 위에 있는 저 칼날은,
사람 죽이고도 피도 나지 않네.

하였다. 이 시는 누가 지은 것인지 확실히 알 수는 없으나 글 뜻이 몹시 밝고, 또 적적하기가 주시(周詩)의 채령·항백편(采苓·巷伯篇), 《초사(楚辭)》[1]의 애영·회사부(哀郢·懷沙賦)[2], 이백(李白)의 설참시(雪讒詩), 추연(鄒衍)[3]의 양옥서(梁獄書)와 함께 전후에 통일한 규범이라 하겠다.

고금을 막론하고 어떤 사람이든지 남의 참소에 피해를 입은 자라면 그 누군들 이런 근심이 없었으리요. 하물며 말세를 만나서 남의 아유구용(阿諛苟容)을 좋아하고 믿는 자가 왕왕이 있는 까닭에 그 반면으로 참소를 받고서도 또한 이를 분별할 길조차

---

1) 초나라 대부 굴원이 지은 사부와 그의 문인 및 후인 들이 굴원의 글을 모방해서 지은 글을 한나라 때 유향이 모은 책.
2) 굴원이 지은 글. 굴원은 조국의 장래를 근심하고 회왕을 사모해서 노심초사하던 끝에 이 시를 짓고 멱라수에 투신 자살함.
3) 전국 시대 제나라 사람. 혜왕이 간신의 참소를 듣고 추연을 옥에 가두자 북방에 있는 옥토에 서리가 내려 곡식이 모두 죽게 되었다. 이때 그는 퉁소를 불어 이 찬 기운을 쫓고 곡식이 자라게 했다고 함.

얻지 못하고 있다. 이 얼마나 슬픈 일이냐?

　소평(邵平)은 진(秦)나라 때 동릉후(東陵侯)로 있었다. 그러나 한고조(漢高祖)[4]가 등극하자 실직이 되어 참외장사를 해서 생계를 유지한 일이 있다.
　또 소하(蕭何)[5]는 패읍(沛邑)[6]의 연리(掾吏)[7]로 있었건만 마침내는 한(漢)나라의 정승이 되어 찬후(贊侯)에 봉함을 받고 식읍(食邑)을 제일 많이 차지했다. 옛 시(詩)에 말하기를,

秦時東陵千戶侯
華蟲被體腰蒼璆
漢初沛邑刀筆吏
折腰如磬頭搶地
蕭何厥初謁邵平
中庭百拜百不應
邵平後來謁蕭相
故使一拜一惆悵

진나라 때 동릉으로 있던 천호후는,
비단옷 입고 구슬띠 띠었네.
한나라 패읍에 있던 도필리는,

---

4) 전한의 시조 유방. 항우와 함께 진(秦)을 쳐서 멸망시키고 뒤에 항우를 쳐서 천하를 통일함.
5) 한 고조의 공신. 고조를 도와 천하를 통일함.
6) 한 고조가 난 곳.
7) 이서(吏胥)의 별칭.

종 노릇하여 허리를 굽혔네.
소하가 맨 처음 소평을 뵈올 때는,
백번이나 절을 해도 본 척 만 척하더니만,
소평이 나중에 소하를 뵈올 때는,
절 한 번 할 때마다 슬픈 생각 나게 하였네.

하였다. 대개 말하기를, 사람의 부귀와 빈천은 모두 때가 있다고 한다.

  소평이 부귀를 누릴 때에는 소하(蕭何)가 천대를 받았고, 소하가 재상이 된 뒤에는 소평이 오히려 곤욕을 당하였으니 세상 이치의 번복이란 본래 무상하다는 것이다.

  부귀에 의세(倚勢)하고 빈천한 자를 경멸히 보는 사람은 마땅히 이 글을 외면서 자기 몸을 스스로 경계해야 할 것이다.

  세상 사람이 부형(父兄)의 세력을 믿고서 사치를 부리고 의리는 소홀히 여기며, 다만 권세만 자랑할 줄 알고 재화가 따라오는 줄을 알지 못하다가 마침내 패가망신함에 이르러서도 자기의 허물을 깨닫지 못하는 자가 많으니 참으로 슬픈 일이다.

  장동해(張東海)는 여기에 대해서 시(詩)를 지었다.

父兄勞於官
子弟逸於家
一逸己過分
況乃事華奢
軒軒傲閭里
僕僕趨縣衙

不知禍所儵
方謂世可誇
勢或有時歇
禍或來無涯
不如愼德業
庶幾永無諻

부형들은 관리 노릇 수고롭고,
자제들은 집에서 편안히 노네.
한번 편한 것도 분수에 넘거든,
하물며 평생 사치를 일삼는단 말인가?
거만하게 마을 길 오르내리고,
잘난 듯이 관청 문 자주 다니네.
화가 숨어 있는 줄 알지 못하고,
세력만 믿고 자랑이 한창일세.
그 세력 또한 다할 때가 있고,
화액도 때로 여지없이 다가오리.
삼가 이 덕업을 닦아야만,
길이길이 욕됨이 없으리.

이 글은 반드시 무슨 감상이 있어서 지은 글일 것이다. 부귀한 속에서 노는 자제들은 이 시로 침(針)을 만들어서 자기 몸의 병든 근원을 찔러 고쳐야 할 것이다.

내가 일찍이 어느 길가에서 임시로 살 때에 날마다 눈에 보이는 것은, 수레를 타고 말을 달리면서 거리를 오락가락하는 자들이 날이 저물도록, 밤이 새도록 떠들어대는 것뿐이었다.

나는 탄식하면서 소요부(邵堯夫)[1]의 시를 외었다.

輪蹄交錯未暫停
來若相追去若爭
想得胸中無別事
苟非干祿卽干名

수레와 말이 오고가 잠시도 멈추지 않으니,
올 때는 서로 따르는 듯 갈 때는 서로 다투는 듯,
생각건대 저들은 무슨 일이 있는가?
벼슬 구하는 게 아니면 이름 구함이겠지.

오늘날 저 노상에 물결 밀리듯 다니는 사람들의 때도 역시 이 시와 더불어 뜻이 같을 것이다.

아무리 그림을 잘 그리는 화공(畵工)을 시켜 이 광경을 그리라 할지라도 이같이 묘하게 그릴 수 있을까?

사람으로서 산업을 다스린다는 것은, 기갈을 면하고 춥고 더운 것을 방비할 정도면 또한 넉넉하다고 할 것이다.

좋은 전답이 천만 두렁이 있다고 해도 하루에 먹는 것은 두 되 곡식에 지나지 않을 것이며, 큰 집이 천 간이나 되어도 밤에 누워서 자는 곳은 8척에 지나지 않는 것이다. 그리고 보면 이

---

1) 소옹. 요부는 그의 자. 송나라 때 학자. 주돈이가 송학의 이기론을 세운 데 대해 그는 같은 때에 상수론을 제창함.

어찌 죽은 뒤의 자손을 위하여 계획을 세우느라고 한평생 노심초사로 이욕에만 급급하게 지낼 것인가? 백향산(白香山)이 스스로 자기 자신을 경계한 시가 있다.

　　蠶老繭成不庇身
　　蜂飢密熟屬他人
　　須知年老憂家者
　　恐似二蟲虛辛若

　　누에는 늙어서 고치를 만들건만 제 몸을 가리지 못하고,
　　벌은 굶어 가며 꿀을 만들어도 남에게 먹히네.
　　나이 늙도록 집 걱정 몹시 하는 자는,
　　누에 벌의 헛수고와 무에 다르리.

이 시야말로 참으로 달관자(達觀者)로서 천명(天命)을 아는 말이라 할 것이다. 한 몸뚱이 이외에는 일만 가지 일이나 일만 가지 물건이라 하는 것이 모두 내 것이 아니다. 그렇거늘 이 귀중한 몸뚱이를 수고롭게 하여 죽는 날까지 깨끗이 살지 못하는 자들은 홀로 무슨 심정에서일까?
　백향산의 이 시는 다만 자기 일신을 경계한 시일 뿐만 아니라 또한 족히 세상 사람들을 경계한 시라고 하겠다.

　태백진인(太白眞人)은 마음으로 병을 고치는 비결이 있었다. 이것은 모두 중요한 말이며 알아둘 만한 이치이기에, 아래에 기록해 두고 내 스스로 살피는 자료로 삼으려 한다. 만일 자기의

병을 고치고자 하거든 먼저 그 마음을 다스리고, 반드시 그 마음을 바르게 해야만 한다.

환자로 하여금 중심의 의심이나 잡념이나 일체의 불평 같은 것을 몰아내고, 또 평생의 나의 허물이나 뉘우침 등을 몰아낸 다음에 내가 타고난 정당한 천품을 그대로 바로잡아 이것이 일신을 지배하게 한다면 자연히 심군(心君)[1]이 태연하고 성품과 생각이 화평해져서 세상 만사가 모두 빈 것같이 될 것이다.

이렇게 되면 종일토록 한 일이 모두 헛 생각이라는 것을 깨닫게 되고, 또한 내 몸은 본래 비어 있는 것으로서, 화복도 내게는 소용이 없고 죽고 사는 것을 모두 한 꿈에 지나지 않는다고 생각하게 된다.

이렇게 하여 개연히 깨닫고 지난 일에서 깨끗이 깨어난다면 자연히 심지가 맑고 깨끗해질 것이며 자연히 질병도 사라질 것이니, 약이 입으로 넘어가기 전에 병은 이미 잊혀지게 될 것이다.

이것이 진인(眞人)의 마음으로 병을 고치고, 도로 써 마음을 다스려 병을 다스리는 큰 법이라는 것이다.

택당(澤堂) 이식(李植)[2]이 옛 사람들의 수련법을 취해서 그중에서 행할 수 있는 것만 요약해서 후세 사람들에게 보일 만한 것 백 여 가지를 추려 놓은 것이 있기로 아울러 여기에 써 놓는다.

약을 먹는다는 것은 제대로 그 방법에 의하지 않는다면 재물만 허비할 뿐, 아무런 효력도 없게 된다. 그러나 이 수련법에

---

1) 한 몸의 주장이 되는 마음을 이렇게 말함.
2) 조선 선조 때의 문신. 벼슬이 대제학에 올랐고, 당대의 이름난 학자였음. 그의 문하에서 많은 제자들이 배출됨.

의하여 병을 고치면 약을 먹는 이보다 크게 좋은 점이 있다.
 그러나 만일 무엇이든지 부지런히 하지 않고 보면 약을 먹는 것이나 수련하는 것이 다 쓸 데가 없다.
 이 수련법이란 한두 달 동안만 행하고 보면 자연히 습관이 되어 중지하고자 해도 되지 않는다. 새벽에 일어나 앉아서 뱃속에 있는 탁한 기운을 내뱉고 코로 새 공기를 들여마시기를 세 번씩 한다.
 다음으로 아랫니와 윗니를 36번 부딪친다. 다음으로는 엄지손가락으로 눈등을 27번 문지른다. 다음으로 엄지손가락과 검지손가락으로 콧등을 5, 6차 문지른다. 다음으로 귓바퀴 안팎을 몇 번 문지른다. 그렇게 하고 난 다음에는 두 손으로 얼굴을 문질러 더운 기운이 나도록 한다.
 이런 것들은 모두 처음 일어났을 때 해야 하는 것이며, 또한 낮에도 때때로 이렇게 하고 보면 자연히 기분이 청쾌하고 화창해진다.

조식법(調息法)

 이것을 자주 행하면 신선이 된다. 그러니 양생(養生)하는 데에도 이 법이 없을 수가 없다.
 새벽에 일어나서 기운을 수련한 뒤에 바로 이 법을 택한다. 그리고 한가히 앉아서 모든 생각을 버리고 서서히 코로 호흡하는 것을 조절한다.
 이렇게 하면 코로 호흡하는 것이 자연 느려지고 이 호흡은 배꼽 밑에까지 도달하는 것을 느끼게 된다.
 배꼽 밑에서 다시 나오는 공기가 코 끝에 이른 다음에 다시

서서히 새 공기를 들여마셔 가지고 마음과 호흡이 서로 의지하도록 하면 신체 안에 있는 열은 아래로 내려가고 수기(水氣)가 위로 올라오게 된다.

탐진법(呑津法)

혓바닥 위에서 생기는 침을 씹어서 삼키는 것이 이 본방(本方)[1]이다. 그러나 혓바닥 위에 침이 생기게 한다는 것은 다만 혀를 구부려 움직이기만 하면 자연히 침이 생기는 법이니 어려울 것 없다.

이 법을 오랫동안 계속하여 습관이 되면 그만둘래야 그만두어지지 않는 것이며, 또 배고프고 피로할 때도 힘을 낼 수가 있다.

도인법(導引法)

제일 하기 어려운 법이다. 길을 많이 걸어서 피곤하거나 몹시 덥거나 추워서 견디기 어려운 때는 마치 활을 쏘는 것과 같이 하는 법이다.

힘센 활을 좌우로 잡아당기는 듯이 힘을 주고, 또 두 손으로 좌우쪽 발을 잡아들여 몇 번씩 힘을 주면 역시 마음이 화창해진다.

모진 바람이 일어날 때에도 이 법을 써서 힘을 주면 견딜 수가 있다. 대추씨를 입 안에 물고 있으면 배고픈 생각이 나지 않는다.

---

1) 의서에 있는 대로의 방문.

몹시 춥거나, 더위·바람·습기를 만났을 때에는 호도 두어 쪽을 입 안에 넣고 굴려서 그 기운을 오장 속으로 들여보내면 백 가지 병이 능히 들어가지 못한다.

보화탕(保和湯)

전문가인 유명한 의원으로서도 고치지 못하는 수신방(修身方)·삼부경(三部經)·삼수결(三叟訣)이란 병을 능히 고칠 수가 있다.

이것은 모두 옛 사람들이 몸을 닦고 정신을 수양하고 욕심을 버려서 자기의 나이를 연장시키던 묘한 비법(秘法)이다. 이것은 내가 이 책 저 책 속에서 뽑아 모아 여기에 기록하는 것이다.

(1) 보화탕(保和湯)이란 이런 것이다.
(2) 생각을 간사하게 하지 않는다.
(3) 좋은 일만 행한다.
(4) 자기 양심을 속이지 않는다.
(5) 방편대로 일을 행한다.
(6) 자기 본분을 지킨다.
(7) 질투하는 마음을 갖지 않는다.
(8) 교활하고 간사한 마음을 없앤다.
(9) 성실하기를 힘쓴다.
(10) 하늘의 도를 순하게 받아들인다.
(11) 자기의 운명을 알아야 한다.
(12) 마음을 맑게 하는 욕심을 적게 한다.
(13) 참고 견디며 부드럽고 순하게 한다.
(14) 겸손하고 화평하며 스스로 족할 줄을 안다.

(15) 청렴하고 삼가며 어질고 후해야 한다.
(16) 절약하고 검소하며 중도를 행한다.
(17) 기회를 알고 자기 몸을 사랑하고 보존한다.
(18) 물러갈 줄을 알고 고요한 것을 지킨다.
(19) 남모르게 남을 돕고 생물 살생하는 것을 경계한다.
(20) 노여워하지 말고 포학하지 않는다.
(21) 물욕을 탐하지 말고 혼자 있을 때일수록 삼간다.

이상 21가지 일을 마치 입으로 씹어서 가루가 되거든, 그 속에 심화(心火) 1근과 신수(腎水) 2사발로 5분 동안 달여서 시간이 없이 무시로 먹는 것 같은 기분을 가져야 한다.

수신방(修身方)이란 다음과 같다.
(1) 효도와 순한 마음 10푼중.
(2) 좋은 장위(腸胃) 한 가닥.
(3) 자비심(慈悲心) 한 조각.
(4) 온순한 부드러운 마음(溫柔) 반 냥중.
(5) 노실두(老實頭) 1개.
(6) 올바른 도리(道理) 3푼.
(7) 충직(忠直)한 마음 한 뭉치.
(8) 음덕(陰德) 전부.
(9) 방편(方便) 다소를 불구.

이 약은, 마치 큰 가마솥에 불을 때고 약을 대강 볶아서 가루를 만든 다음에 좋은 꿀로 환약을 만드는데 크기는 보리자(菩提子)와 같이 해야 한다. 이것을 매일 잊지 말고 세 번씩 평심탕(平心湯)으로 복용하면 백 가지 병이 금시에 낫는다는 것이다.

여기에 절대로 기(忌)할 것은, 자기의 이익을 위해 남을 손해 보이는 것 같은 일은 하지 말며, 말은 맑게 하면서 행실은 흐리게 한다든지, 어두운 곳에서 화살을 쏘는 것 같은 무모한 짓이나, 웃음 속에 칼날을 품은 것 같은 음험한 짓, 그리고 풀을 뽑아 뱀[蛇]을 찾고, 바람도 없는데 물결을 일으키는 것 같은 악한 일을 절대로 하지 말아야 한다.

삼부경(三部經)이란 무엇이냐?
방편을 참아야 하며[忍方便], 본분에 의거해야 한다[依方分].
태백진인(太白眞人)이 말하기를,
"세상 사람들이 경문(經文)을 외는 것은 모두 복을 구하고 화를 면하고자 해서 하는 것이지만, 왕왕 입으로 말하는 것과 마음이 서로 어긋나고 있으니 이래서야 아무리 경문을 왼들 무슨 도움이 되겠느냐. 그것은 다만 그 밖의 것만 구하고 안에 있는 것은 구하지 않기 때문인 것이다. 나에게 있는 삼부경(三部經)은 겨우 여섯 글자로 된 경문이다. 이 경문이 비록 지나치게 간단하기는 하지마는, 그 공덕은 참으로 큰 것이다. 유자(儒者)가 이 경문을 외면 성인이 될 것이며, 도사(道士)가 이 경문을 외면 신선(神仙)이 될 것이며, 화상(和尙)이 이 경문을 외면 부처가 될 것이다. 그러나 이것을 외려면 먼저 모든 생각을 체념하고 실천해야 한다. 이 삼부경이란, 《대장경(大藏經)》에 있는 경문도 아니고, 다만 자기의 마음속에 있는 것이다. 사람마다 이것을 성심껏 받아 가진다면 병도 나지 않고 재앙도 없어지게 되어 자연히 복을 얻을 수 있는 것이다. 비록 자기 몸으로 직접 복을 받지 못한다 하더라도 자손에게는 필연적으로 물려주게 된다."

삼수결(三叟訣)이란 무엇이냐?

  이것은 원(元) 나라 회계 양태사(會稽 楊太史) 유렴(維廉)이 지은 것이다. 그 내용은 이러하다.

道逢三叟者
高壽比神仙
問叟何以壽
壽訣尙余傳
上叟前致辭
大道抱天全
中叟前致辭
寒暑順節宣
下叟前致辭
百年半單眠
是爲三叟訣
所以能長年

세 늙은이를 길에서 만났는데,
많은 나이 신선과 비등하네.
그대 무슨 수로 수를 하였는지,
그 비결 내게도 전해 주렴.
맨 위 늙은이 말하기를,
큰 도로 하늘 성품 온전히 하였네.
중늙이 하는 말은,
한서를 따라 순케 하였노라.

아래 늙은이 하는 말이,
백년 동안 반쯤은 혼자서 잤네.
이것이 세 늙은이 비결이어니,
이렇게 하면 장수는 자연히 오네.

내가 한가로이 있을 때 아무 할 일이 많이 없으므로 옛 사람의 서적만 뒤적거리고 있었다. 이 때 매양 아름다운 말이나 격언을 보면 이것을 마음 속에 명심은 하지만 그래도 오래 되고 보면 잊어버릴까 염려해서 몇 가지 낱말을 분류해 기록한 것이 있다.

이것은 첫째는 성품을 기르고 목숨을 보전한다는 것〔養成保命〕이요, 둘째는 몸을 세우고 자기부터 행해야 한다는 것〔立身行己〕이요, 셋째는 가정을 처리하고 사물을 다스리는 것〔處家理物〕이요, 넷째는 관리가 되어 정치를 옳게 한다는 것〔居官涖政〕이다.

이것은 다 각각 사람에게 필요한 것만 뽑아서 스스로 경계하고 또는 자손에게 보여서 각 가정에 한 가지 도움이 되도록 해야 할 것이다. 그러면, 양성보명(養性保命)이란 어떻게 하는 것이냐?

사람이 보고 듣고 말하고 움직이는 것은 모두 다 정신과 기운을 소모시킨다. 그런 까닭에 석씨(釋氏)에게는 면벽(面壁)이란 것이 있고, 선가(仙家)에는 좌한(坐閑)이란 것이 있다.

이것은 모두 고행(苦行)을 다해가면서 정신과 기운의 소모되는 것을 방비하는 것이니, 이것이 바로 장생(長生)하는 술법이다.

사나운 것과 노여워하는 것을 버리고 자기의 성품을 길러야 하며, 생각을 적게 해서 그 정신을 길러야 하며, 말을 조금만 해야 그 기운을 길러야 하는 것이다.

사람이 산다는 것은 오직 원기(元氣)에 의뢰하는 것뿐인데, 이 원기는 술과 색(色)의 해가 제일 크다. 그러니 늙을수록 더욱 이 두 가지를 삼가야 할 것이다.

避色如避讎
避風如避箭
莫喫空心酒
小食中夜飯
樂不可極
慾不可縱
油盡燈滅
髓渴人亡

색을 피하기는 원수 피하듯 하고,
바람 끝 피하기는 화살 피하듯 하네.
빈 속에는 술을 마시지 말고,
밤중에는 밥을 조금 먹으라.
즐거운 일은 끝까지 하지 말고,
욕심대로 매사를 하지 말도록.
기름이 다하면 등불은 꺼지고,
골이 마르면 사람도 죽게 되느니.

'춥지 않을 정도로 따뜻하게 하며, 시장치 않을 만큼 창자를 채우네. 욕심 없는 것으로 영화를 삼고, 화가 없는 것을 복으로 삼게〔以不寒爲溫 以不飢爲飽 以無辱爲榮 以無禍爲福〕.'
 사람이 세상을 살아가는 데에 있어 이같이 하면 넉넉하다 하겠다.

 '입 속에 말이 적으면 맘 속에 생각하는 일 적고, 창자 속에 먹은 것이 적으면 밤중에 졸음도 적다〔口中言小 心頭事小 肚中食小 夜間睡小〕.'
 이 네 가지 적은 것을 지키게 되면 신선이 될 수도 있다.

 '몸 편함이 마음 편한 것만 못하고, 약으로 보하는 것이 먹는 것으로 보하는 것만 못하네〔身閑不如心閑藥補不如食補〕.'

 '부귀를 그칠 줄 모르면 자기 몸을 죽이고, 음식을 그칠 줄 모르면 자기 목숨을 더는 것〔富貴不知止殺身 飮食不知止損壽〕.'

 '복이란 맑고 검소한 데서 나고, 도는 편하고 고요한 데서 생기네. 걱정은 욕심 많은 데서 생기고, 화는 재물 탐내는 데서 생기는 법〔福生於淸儉 道生於安靜 患生於多慾 禍生於多貪〕.'

 '풍류로 득의한 일이라도, 한번 지나고 보면 문득 처량한 생각 들고, 맑고 참된 적막한 시골에서도, 오래 있으면 점점 좋은 재미 생기는 법〔風流得意之事 一禍便生悲凉 淸眞寂寞之鄕 愈久轉增意味〕.'

'취한 뒤 미치광이 소리 깨고 나면 후회되고, 편안할 때 쉬지 않으면 병나서 후회나네〔醉後狂言醒時悔安不將息病時悔〕.'

'양생하는 방법은, 욕심 줄이는 게 제일이고, 도가의 근본 뜻은, 노여움 타지 않는 게 으뜸일세〔養生之道節慾爲上 道家第一義 令人小嗔怒〕.'

　怒甚偏費氣
　思多太損神
　神瘐心易役
　氣弱病相引
　勿使悲歡極
　當令飮食均
　再三方夜醉
　第一戒朝嗔
　夜靜鳴雲鼓
　晨與嗽玉津
　妖邪難犯巳
　精氣自全身
　若要無諸病
　常須節五辛
　安神宣悅樂
　惜氣保和純
　壽夭休論命
　修行本在人

若能遵此理
平地可朝眞

노여움 심하면 편벽되이 기운 상하고,
생각 많으면 정신을 공연히 허비하는 것.
정신 피곤하면 마음 축나고,
기운 쇠약하면 병이 저절로 나네.
슬퍼하고 기뻐함 지나치게 말고,
마시고 먹는 것 고르게 해야 하네.
두 순배 세 순배 밤 술에 취치 말고,
제일 경계할 것 아침에 노여워 말라.
고요한 밤이라도 구름 북 울리는 듯,
새벽에 일어나서 맑은 물에 입 씻으라.
요망하고 간사함 내 몸 범치 못할 게요,
정신과 기운으로 내 몸 온전케 하라.
모든 병 없기를 그대 만일 구하거든,
항상 먹는 음식 매운 것 적게 하라.
정신 편안하면 즐겁기 마련이요,
기운을 아껴야만 화락함 보전하리.
오래 살고 일찍 죽음 명이라고 알지 말라,
닦고 행하는 것 사람에게 있는 것.
이런 이치 만일 따라 한다면,
평지에서도 옥황을 만나 보리.

이 10구로 되어 있는 시는 일종의 수를 기르는 방법이다.

입신행기(立身行己)란 무엇이냐? 설씨(薛氏)가 말하기를,
 '대장부의 심사는 모두 청천백일(靑天白日)과 같아서, 사람마다 보도록 해야 옳은 것이다. 사라이 하루라도 한 가지 착한 말을 듣거나, 한 가지 착한 행실을 보고서 자기도 한 가지 착한 일을 행한다면 바야흐로 세상에 헛 낳았다고 하지 않을 것이다. 인후하고 각박한 것은 이것이 멀고 짧은 문간이며, 겸손하고 교만한 것은 이것이 곧 화와 복의 문간이며, 부지런하고 게으른 것은 즉 빈과 부의 문간이며, 수양을 쌓고, 방자한 것은 사람과 귀신의 문간인 것이다. 부지런한 것은 값있는 보배이고, 매사에 삼가는 것은 몸을 보호하는 문이 된다. 이익을 탐하는 자는 자기 몸을 방해하고, 욕심을 즐기는 자는 사는 것을 방해하고, 거만한 것을 좋아하는 자는 남의 모욕을 당하게 마련이요, 자기 허물을 숨기는 자는 악한 일을 더 크게 한다.'
하였다. 또 소강절(邵康節)[1]은 말하기를,
 '남의 악한 일을 듣거던 마치 가시를 등에 짊어진 듯이 여기고, 남의 착한 일을 보거던 난초를 옷 끈에 찬 듯이 여겨야 한다.'
하였으며, 황산곡(黃山谷)[2]은 말하기를,
 '백 번 싸워서 백 번을 모두 이긴다 해도 한 번 참는 이만 같지 못하고, 만 번 말해서 만 번 모두 마땅하다 해도 한 번 잠자코 있는 것만 같지 못하다. 입을 지키기는 병과 같이 하고, 뜻을 막는 것은 성과 같이 하라. 범을 그리는데 가죽은 그릴 수 있지만 그 뼈는 그릴 수 없으며, 사람을 아는 데는 낯은 알 수가 있어도 그 마음은 알 수가 없다.'

---
1) 소옹을 말함.
2) 송나라 분녕 사람. 자는 노직, 호는 부옹, 문장에 능하고 특히 시에 이름이 높음.

하였으니 참으로 그는 말할 줄을 알았다 할 것이다.

군자는 사람을 가린 뒤에 사귀기 때문에 허물이 적고, 소인은 사귄 뒤에 가리기 때문에 원망이 많은 법이다.

위(魏)나라 왕창(王昶)이 말하기를,

'추위를 막으려면 겹갖옷을 겹쳐 입어야 하고, 비방을 듣지 않으려면 자기 몸을 먼저 닦아야 한다.'

하였고, 윤화정(尹和靖)은 말하기를,

'크나큰 재앙은 잠시 동안 참지 못한 데서 생겨나는 것이니, 불가불 삼가지 않을 수가 없다. 이익은 여러 사람과 함께 취할 것이지 혼자 가질 것이 아니며, 일을 꾀하는 것은 적은 사람끼리 할 일이지 여럿이서 하지 말아야 한다. 이익을 혼자 먹으려면 일이 잘못되고, 여럿이서 일을 꾀하면 말이 누설된다. 자기 몸을 굽히는 자는 여러 사람의 위에 처하게 되며, 이기기를 좋아하는 자는 반드시 그 적수를 만나게 된다. 남이 듣지 않게 하고자 하면 말을 하지 말아야 하며, 남이 알지 못하게 하고자 하면 자기부터 그 일을 하지 말아야 한다. 일을 쉽게 승낙하는 자는 신용이 적으며, 남의 면전에서 그를 칭찬하는 자는 돌아서서는 욕하는 법이다. 남을 주기는 아까와 하고 남에게 바라기를 많이 하는 자는 필경엔 남에게 보답을 받지 못하고, 귀하게 되어서 천하였을 때의 일을 잊어버리는 자는 지위가 오래 가기 힘들다. 처자를 사랑하는 마음으로 부모를 섬긴다면 어디에 갈지라도 효자라 할 것이요, 부귀를 보호하는 마음으로 임금을 섬긴다면 어디에 갈지라도 충신이라 할 것이며, 남을 책망하는 마음으로 자기를 책망한다면 허물이 적을 것이요, 자기를 용서하는 마음으로 남을 용서하고 보면 남과의 사귐이 완전할 것이다.'

하였다. 장무진(張無盡)의 석복설(惜福說)에 이런 말이 있다.

　'사업에 있어서는 힘을 다하지 말아야 할 것이요, 말에 있어서도 생각한 것을 다하지 말아야 할 것이요, 복을 누리는 것도 타고 난 것을 다 받지 말아야 한다.'
하였다. 진박(陳搏)은 말하기를,

　'자기 마음에 쾌한 일은 억지로 만들어 얻을 수 없고, 편한 곳도 두 번 갈 수가 없으니 득의한 곳일지라도 일찍 머리를 돌릴 것이다.'
하였다. 장사숙(張思叔)의 좌우명(座右銘)에 말하기를,

　'모든 말은 반드시 충신(忠信)스럽게 해야 하며, 모든 행동은 반드시 독실하고 공경하게 하라. 음식은 반드시 절도에 맞도록 조심하고, 글씨 획은 해정(楷正)하게 쓰라. 얼굴 모습은 반드시 단정해야 하며, 의관은 엄숙하고 바르게 쓰라. 걸음걸이는 반드시 편안하게 하며, 거처는 반드시 조용하게 하라. 일을 할 때에는 반드시 시작부터 계획해야 하며, 말을 꺼낼 때에는 꼭 자기 행동을 돌이켜 보아야 한다. 떳떳한 덕은 반드시 굳게 가져야 하며, 남과 약속한 일은 절대로 어기지 말라. 남의 착한 일을 보거든 마치 자기가 한 듯이 생각하고, 남의 악한 일을 보거든 마치 자기 몸에 병이 있는 듯이 생각하라. 이 14가지 구절은 다 내가 깊이 반성을 하지 못하였기 때문에 거처하는 자리 오른편에 써서 붙이고 아침 저녁으로 이것을 보면서 경계하는 말이다.'
하였다.

　처가이물(處家理物)이란 무엇이냐?
　공자(孔子)의 삼계도(三計圖)에 말하기를,

'일평생 계획은 부지런한 데 있고, 1년 계획은 봄에 있고, 하루 동안의 계획은 아침에 있다. 그러므로 어려서 배우지 않으면 늙어서 아는 것이 없고, 봄에 만일 씨를 뿌리지 않으면 가을이 되어도 거들 것이 없으며, 아침에 일찍 일어나지 않으면 하루 일을 해내지 못한다. 어진 농삿군은 장마지고 가문다고 해서 농사를 치워버리지 않으며, 큰 목수는 못난 공장이들을 위해서 먹줄을 거치지 않는다. 금덩이를 쌓아두었다가 자손에게 물려준다고 해도 그 자손이 꼭 이것을 지킨다고 기약할 수 없으며, 서적을 쌓아 두었다가 자손에게 물려준다고 해도 그 자손이 능히 이것을 다 읽으리라고 기필할 수 없으리라. 그러므로 남이 모르는 음덕을 쌓아두었다가 자손의 장구한 계획을 해주는 것이 제일이다. 자식에게 천금을 물려주는 것이 경서 한 질을 가르치느니만 못하고, 자기 몸을 봉양하는 데는 백 가지로 계교해 봐도 한 예술을 익히는 이만 같지 못하다. 지극한 낙은 글 읽느니만 한 것이 없고, 지극한 요령은 아들 가르치느니만 한 것이 없고, 지극한 부자는 집을 해 이는 것만한 것이 없고, 지극히 궁한 자는 전답을 파느니만 한 것이 없다. 일이 아무리 적어도 하지 않고서는 이루어질 수가 없고, 아들이 아무리 어질다 해도 가르치지 않고서는 밝아질 수가 없다.'

  호거인(胡居仁)은 집이 몹시 가난하였다. 다 떨어진 옷을 입고 표주박 밥을 먹었어도 태연한 모습으로 말한다.

  '어진 것과 의리는 몸을 윤택하게 하고, 시렁에 가득 찬 서적은 집을 윤택하게 하니, 이만하면 족하지 않은가?'

  소동파(蘇東坡)는 말하기를,

  '까닭없이 천금을 얻으면 큰 복이 오는 것이 아니라 반드시

큰 화가 온다.'
고 하였다. 양소윤(梁蕭允)은 말하기를,

'화가 오는 것은 반드시 그 원인이 이익을 찾는 데에 있다. 진실로 이익을 구하지 않으면 화가 어디로 좇아서 오리요?'
하였다. 육선공(陸宣公)[1]은 말하기를,

'존절히 쓰지 않으면 아무리 재물이 차 있다고 해도 반드시 다 없어질 것이요, 능히 절용하고 보면 아무리 주머니가 비었다 해도 반드시 차는 때가 올 것이다. 자식을 가르치는 데는 어릴 때부터 해야 하며, 며느리를 가르치는 데는 처음 데려 올 때부터 해야 하며, 며느리를 가르치는 데는 처음 데려 올 때부터 해야 한다. 사랑에 빠진 자는 처자에게 절제를 받고 재물을 잃을까 걱정하는 자는 부귀한 자에게 몸을 굽히게 된다. 은혜만 있고 위엄이 없으면 사랑하는 어머니도 그 아들을 부릴 수가 없을 것이다. 참을 수 없는 일을 참고, 용서할 수 없는 일을 용서하는 것은 오직 지식과 도량이 사람에게 지나는 자만이 할 수가 있다. 멀리 있는 물은 가까운 불을 구원할 수가 없고, 멀리 있는 친척은 가까운 이웃만 못하다. 책을 저술하는 것은 젊었을 때 해서는 안 되며, 일을 처리하는 데에 쓸데없는 일은 하지 말아야 한다. 출세하는 데에는 남에게 아부하지 말아야 하고, 가정에 거처하는 데는 호사를 하지 말아야 한다.'
하였다. 그는 또 말하기를,

'배가 고프면 추한 음식도 먹게 되고, 객지에 있으면 종의 말을 믿어야 한다. 병이 들면 약을 믿어야 하고, 늙어서는 글을

---

[1] 육구연. 호는 상산. 이천의 학을 주장하는 주회와 의견을 달리해서 명도의 학을 주장함.

믿어야 한다. 산골에 사는 것이 좋은 일이라 하나 조금이라도 영화를 누릴 생각이 있다면 또한 시조(市朝)와 마찬가지이며, 서화를 구경하는 것이 묘한 일이라 하지만 조금이라도 이것을 탐내는 마음이 있으면, 이것은 또한 장사치와 마찬가지이다. 술을 마시는 것이 즐거운 일이라 하나 조금이라도 남의 잘못을 따라간다면 또한 지옥과 마찬가지이며, 손님을 좋아하는 것이 활달한 일이기는 하지만 조금이라도 속된 자에게 끌리게 되면 이것은 역시 고해가 되고 만다.'
하였다.

거관이정(居官苡政)이란 무엇이냐?
관리로서 마땅히 해야 할 일은 세 가지가 있다.
첫째는, 밝게 해야 하는 것.
둘째는, 삼가야 하는 것.
셋째는, 부지런해야 하는 것.
이 세 가지를 알아야만 자기의 몸가짐도 알게 된다는 것이다.
마음은 바르게 하고, 몸은 청렴(淸廉)하게 하고, 임금 섬기는 데는 충성으로 하고, 어른 섬기는 데는 공손하게 하고, 남을 대하는 데는 믿음으로 하고, 아래 사람은 너그럽게 대하고, 일을 처리하는 데는 공정으로 해야 한다. 이것이 관리로서의 일곱 가지 요령인 것이다.
한 걸음 앞으로 나갈 때에는 한 걸음 뒤로 물러설 것을 생각하고, 한 푼 돈이 필요하거든 한 푼 돈을 아껴야 한다. 뜻을 얻은 듯싶거든 일찍이 머리를 뒤로 돌려야 하고, 실력이 이루어졌다고 싶거든 방편대로 일을 행해야 한다. 호구장인(狐丘丈人)이 손숙오(孫叔敖)에게 이르기를,

"세상에 세 가지 원망이 있는 것을 네가 알겠느냐? 벼슬 지위가 높아지면 선비들이 그를 질투하게 되고, 계급이 커지면 임금이 싫어하고, 봉록(俸祿)이 많아지면 원망이 저절로 생기게 마련이다."
하니 손숙오는 대답한다.
"벼슬 지위가 높아질수록 뜻은 더욱 낮추며, 계급이 커질수록 마음은 더욱 작게 가지며, 봉록이 많아질수록 남에게 주기를 더욱 넓게 한다면 내가 화를 면할 수 있지 않을까?"
 관리 노릇을 하는데 먼저 해야 할 것은 폭노(暴怒)하는 것을 경계해야 하며, 옳지 못한 일이 있을 때에는 이것을 자세히 처리하여 사리에 맞도록 해야 한다. 만일 그렇지 않고 폭발되는 성질을 참지 못하여 노여움을 먼저 낸다면 이것은 오직 자기에게 해로울 뿐이니 어찌 남까지 해롭게 하리요?
 의리 좋아하기를 마치 맛있는 음식을 좋아하듯이 하며, 이욕(利慾)을 두려워 하기를 마치 독한 뱀을 만난 듯이 두려워하며, 관리 자리에 있기를 마치 가정에 거처하듯 하며, 백성 사랑하기를 마치 자기 몸 사랑하듯 해야 한다. 나라가 장차 일어날 때에는 반드시 간하는 관리가 있는 것이며, 집이 장차 일어서게 될 때에는 간하는 아들이 있게 마련이다.
 좋은 여자가 집에 들어오면 추한 여자는 이를 미워하고, 충성된 신하가 조정에 들어오면 간사한 신하는 이를 원수같이 여기게 된다. 조정에 한번 서면 정대(正大)하도록 힘쓰고 아부하지 말아야 한다. 단 샘물은 먼저 마르고, 곧은 나무는 먼저 베어서 쓰게 된다.
 혓바닥이 남아 있는 것은 부드러운 때문이며, 이가 먼저 없어지는 것은 강한 때문이다. 그런 때문에 너무 강하면 꺾어지는 법이요, 너무 부드러워도 폐하는 것이다.

사나운 것에는 너그러움으로 조화시켜야 하는 것이나, 너무 사나우면 백성이 견디지 못하는 것이며, 너그러운 데는 사나운 것으로 조화를 시켜야 하는 것이나 너무 너그러워도 백성이 해이해진다. 윗자리에 올라도 아랫 사람을 업신여기지 말며, 아랫자리에 있더라도 웃사람에게 아첨하지 말아야 한다.

아무리 작은 일이라도 한계는 삼가야 하며, 아무리 의심나는 일이라도 훼방은 피해야 한다. 나를 싫어하는 사람이면 나를 방해하지 않을까 막아야 하며, 친한 사람이라면 나를 팔지 않을까 막아야 한다.

관청 일을 다스리기는 집안 일 다스리는 듯해야 하며, 백성을 사랑하기는 어린아이 사랑하듯 해야 한다.

탐관오리를 경계하기는 원수같이 해야 하며, 사사로운 청탁을 막아 버리는 것은 도둑놈 방비하듯 해야 한다. 이치에 닿지 않는 말이 들릴 때에는 이것을 참아서 처리하며, 예의로 인사할 경우에는 겸손하게 받들어 주어야 한다.

계획이 여유가 있으면 조화옹(造化翁)에게 돌리고, 녹이 여유가 있으면 조정에 돌리고, 재물이 여유가 있으면 백성들에게 돌리고, 복이 여유가 있으면 자손에게 돌리라.

내가 운명(運命)을 추리한 서적을 대강 보니 그 방법이 여러 가지가 있다. 혹은 오행(五行), 혹은 자평(子平)[1], 혹은 성요(星

---

1) 성명(星命)의 학문. 송나라 때 서자평이 지은 《낙록자》란 책이 있는데, 그 술법을 자평이라고 함. 또는 자평술이라고도 함.

耀)¹⁾, 혹은 자미(紫微)²⁾라고 한 여러 가지 논설이 길흉에 맞는 일이 많다.

내가 생각하건대, 갑자년(甲子年) 정월 초하룻날 자시(子時)로부터 계해년(癸亥년年) 섣달 그믐날 해시(亥時)까지 그 중간에 혹 윤달이나 크고 작은 달이 있다고 치더라도 그대로 일주(一周)를 지나게 되면, 그 동안에 생겨나는 사람의 수효가 25만 9천 200명으로 나타난다. 그리고 그 반면에 명경수(明鏡數)³⁾에 보면 시간마다 각각으로 초중말(初中末)로 나누어서 그 수효가 이보다 세 갑절이나 더하건만 그래도 77만 7천 600명이란 숫자에 불과하다.

온 천하에 생겨나는 사람이 그 숫자에 한량이 없다면 동년 동월 동일 동시에 태어나는 사람도 허다할 것이다. 그렇다면 그 사람의 수요(壽夭)와 궁달(窮達)이 꼭 일정하게 되어 있는지 나는 의심한다.

옛날 당요(唐堯)는 단구자(丹丘子)⁴⁾로 더불어 동년 동월 동일 동시에 태어났기 때문에 당요는 자기가 차지하려는 천하를 방해할까 의심해서 칼을 준비해 가지고 단구자를 찾아다녔다는 이야기가 있다.

그러나 얼마 뒤에 당요는 천자가 되고 단구자는 신선이 되었다고 한다. 또 송(宋)나라 태조는 진도남(陳圖南)과 함께 같은 나이요, 같은 시간에 태어났다. 도남은 화산(華山)에 살다가 천

---

1) 점성술을 말함.
2) 북두의 북쪽에 있는 별 이름. 여기서는 천문학.
3) 술수(術數)의 한 가지.
4) 선인. 수나라 개황 말년의 사람.

하를 도모할 뜻을 가지고 산 문밖을 나오다가 조점검(趙點檢)이 벌써 천자가 되었다는 소식을 듣고 대소(大笑)하고는 타고 오던 나귀를 돌려 화산으로 다시 돌아가서 도를 닦아 신선이 되었다고 한다.

대개 인간 세상에서 존귀한 것이 천자보다 더 큰 것이 없건마는, 그러나 그것은 역대의 운수가 귀정(歸程)이 되어 있고, 하늘에는 두 해가 없는 때문에 저 단구자나 진도남은 도를 닦고 신선이 되어 만승천자(萬乘天子)에 굴하지 않은 것이 아닐까?

제왕(帝王)의 사업과 신선의 도술은 비록 같지 않은 것이나 그 높은 위치를 따진다면 인간의 제왕이나 천상의 신선이 비슷하다 할 것이다. 내가 근래에 《황명소설(皇明小說)》을 보니 그 속에 말하기를,

'고황제(高皇帝)가 운명(運命)이란 말을 징험하고자 하여 술객(術客)에게 명하여 천하를 두루 다니면서 자긱와 같은 동갑(同甲)이 있거든 서울로 데리고 오라 하였다. 어느날 동갑되는 자가 불려 왔으므로 고황제는 물었다. '너는 무엇을 하는 자냐?' 대답하기를, '나는 시골에서 사는 백성이 올시다.' 다시 묻기를, '너는 부호로 사느냐?' 대답하기를, '여지없이 가난해서 전지라고는 한 이랑도 없습니다.' 고황제는 이어서 묻기를, '그러면 무엇으로 생활하느냐?' 대답하기를, '다른 것은 없사옵고 다만 벌〔蜂〕을 13통 치는데, 해마다 여기에서 나오는 꿀을 팔아 먹고 삽니다.' 고황제는 듣고 나자 웃으면서 말한다. '그렇구나, 나는 임금이 되어서 13성(省)을 내 치하(治下)에 두고 다스리고 있으며, 너는 백성이 되어 13통 벌을 벌여 놓았으니 너도 역시 한 황제라 할 수 있구나. 벌이란 벌통 한 개마다 임.

금이 하나씩 있게 되니 비록 크고 작은 것은 같지 않으나 같이 통할해 다스리는 데는 다를 것이 없겠구나. 그러나 누가 이 운명이란 것을 미신이라 하여 믿지 않는단 말이냐?' 하고, 그 사람에게 술과 밥을 후하게 대접하였다.'
하는 내용이었다. 또한 내가 듣건대 일설(一說)에 말하기를, 명나라 태조(太祖)가 자기 동갑을 찾아 들이라 해서 한 사람을 궐내로 데려다가 평생 경력을 물어 보았다. 그 사람은 대답하기를,

"나는 날 때부터 가난하고 미천하여 거지로 돌아다니면서 살고 있습니다."

한다. 이 말을 듣고 명(明) 태조는 말한다.

"나는 천자의 몸이 되고 너는 거지가 되었으니, 같은 사주(四柱)를 타고나서 무엇 때문에 이렇게 현저히 다를 수가 있단 말이냐?"

그 사람은 대답한다.

"저는 밤마다 꿈에 천자가 되어서 궁궐과 성곽, 종묘와 백관의 아름답고 웅장한 모습을 구경하는 것이 폐하가 생시에 천자 노릇하시는 것이나 마찬가지입니다."

이 말을 듣자 명 태조는 낯빛을 찌푸리면서 놀란 듯이 말한다.

"천하에 운명이 있단 말은 과연 속일 수 없는 일인가 보다. 대개 낮은 양(陽)이고 밤은 음(陰)이 되게 마련이니, 나는 양계(陽界)[1]를 쫓아서 만승 천자의 높은 지위를 누리게 되고 너는

---

1) 이 세상을 말함.

음계(陰界)²⁾를 쫓아서 남면(南面)하는 낙을 누리게 되니, 나의 낮은 곧 너의 밤이고, 너의 낮은 곧 나의 밤이로다. 생각건대 하늘은 나를 양계를 주장하게 하고 너를 음계를 주장하게 한 것인가 보다."

하고 그를 후대해 보냈다는 이야기이다.

또 내가 상고해 보니, 차천로(車天輅)³⁾가 지은 《오산설림(五山說林)》⁴⁾에 말하기를, 우리 나라 성종(成宗)께서 일찍이 일관(日官)⁵⁾으로 하여금 자기와 같은 동갑을 은나라 안을 찾아 데려오도록 하였다. 상한(常漢)에 한 여인이 있어 집안이 부호(富豪)하기로 서울에서 제일인데, 그 여인의 생년 생월 생시가 성종과 똑같다는 것이다. 성종은 그 여인을 궐내로 불러들여 묻는다.

"너의 평생에 고락(苦樂)이 어떠하냐?"

그 여인이 대답한다.

"미천한 저로서 무슨 특별한 고락이 있겠습니까? 다만 어릴 때로부터 총명하고 예민한 까닭에 아버지께서 특별히 사랑하였으나, 미천한 집안에 태어난 것을 애석히 여겨서 주인집에 종값을 속량하고 어진 남편을 구해서 시집을 보내 주셨습니다. 그러나 미구에 남편을 잃고 지금은 혼자 몸으로 역사와 문자나 보면서 세월을 보내고 있을 뿐입니다."

성종은 즉위하던 해이고, 그가 상부(喪夫)한 날짜는 곧 왕비가 승하하던 때였다. 성종은 몹시 이상히 생각하고 또 묻는다.

---

2) 귀신 세계를 말함.
3) 조선 광해조 때 사람. 자는 복원, 호는 오산. 시에 뛰어남.
4) 차천로의 저서.
5) 길일의 선택을 맡아보던 관상감의 한 벼슬. 천관이라고도 함.

"그대의 모든 과거사는 나의 경력과 비슷하구나, 그러니 세상에 운명이 있다는 말을 이제 비로소 믿게 되었도다."

성종은 말을 끊고 빙그레 웃으면서 다시 묻는다.

"그러나 단 한 가지만 더 물어 보자, 지금 후궁(後宮)이 수십 명이 되는데 너도 그 후궁으로 들어오면 어떠하냐?"

그 여인도 웃으면서 대답한다.

"말씀하기 죄송하오나, 소녀는 성품이 원래 번화한 것을 좋아하여 옛날 무후(武后)가 남첩(男妾)을 둔 것과 마찬가지로 12, 3명 남첩을 두고 지냅니다."

성종은 듣고 나자 손벽을 치면서 웃고 말한다.

"이것까지 서로 같으니 가위 남자 중에는 내가 있고 여자 중에는 네가 있다고 하겠구나."

이렇게 말하고 성종은 물건을 후히 내리어 돌려보냈다는 이야기이다. 이것으로 본다면 13성(省)을 가지고 정치를 하는 것이나, 13통 벌을 가지고 꿀을 치는 것이 마찬가지이고, 양계(陽界)의 만승(萬乘)과 음계(陰界)의 만승이 마찬가지이고, 또 즉위하던 해에 면천(免賤)한 것과 왕비가 죽던 해에 상부한 것이 마찬가지이고, 후궁을 10여 명 둔 것과 남첩을 10여 명 둔 것이 그 대소와 음양은 각각 다르지만 또한 비슷한 점이 적지 않으니 어찌 이다지 이상스러울까?

아아! 추보(推步)하는 술법이 생긴 이후로부터 제상은 모두 길흉과 화복을 운명에만 붙이고 말았다. 성인(聖人)이 훈계해 말하기를,

'화와 복은 자기 스스로 구하지 않은 것이 없다.'

하였고, 또,

'착한 일을 쌓고 악한 일을 쌓는데 따라서 재앙과 경사가 각각으로 나타나는 것이다.'
하였다. 여러 군자들은 자기 스스로가 몸을 닦는 것으로 근본을 삼아야 할 것이다. 옛말에 이르기를,
'이미 정해진 운명이 있고, 또한 아직 정해지지 않은 운명이 있다.'
고 하였다.
이미 정해진 운명이란 사람의 운명이 일정하게 정해져서 이것을 옮기고 바꿀 수가 없다는 말이고, 아직 정해지지 않은 운명이란 세상에 변고가 하도 많아서 미래를 예측할 수가 없다는 말이다.
한(漢)나라 등통(鄧通)은 얼굴이 굶어 죽을 상이기 때문에 문제(文帝)가 구마〔銅〕 산을 주어 부자가 되게 하였건만 마침내 절식(絶食)해야 하는 병에 걸려 죽음을 면치 못하였다. 진(晋)나라 곽박(郭璞)은 흉기(凶器)에 맞아 죽을 액운이 있기 때문에 아무리 칙신(厠神)에게 기도하고 빌었건만 마침내 왕돈(王敦)이 해침을 벗어나지 못하였다.
또 요주(饒州)에 사는 가난한 선비는 많은 종이와 먹을 준비하였는데도 뇌정(雷霆)이 일어 천복비(薦福碑)[1]를 깨쳐 버렸고, 위공(魏公)에게 온 홀아비 손님은 그를 모실 여인을 허락까지 하였건만 성례(成禮)하기 전에 죽고 말았다.
나라의 왕비라면 궁중에만 있는 터로서 벌레에 물리거나 짐승에게 먹힐 염려가 없는 것이건만, 고려 때 왕후로서 범의 발

---

1) 중국 요주에 있는 천복의 비. 당나라 이북해가 글을 짓고, 구양순이 글씨를 썼음.

톱에 할퀴어 죽은 이가 있다.

　나라의 왕자라면 고량진미(膏粱珍味)라고 이것을 싫다 할 처지이니 의원이나 약이 그리울 것이 없건만, 우리 나라 광평대군(廣平大君)은 목구멍이 막혀서 죽고 말았다. 이 같은 일은 모두 미리 정해진 하늘의 운명인 때문에 자기 자신의 지혜와 힘으로는 일을 도모할 수가 없다는 것이다.

　아아! 세상에 무식한 사람들은 부처에게 아첨해서 액운을 면하려 하며, 혹은 귀신에게 기도하며 복을 구하기도 한다.

　그러나 이런 짓들은 망령되어 자기에게 정해진 운명 밖의 일을 가지고서 공연히 정신만 수고롭고 어지럽게 만드는 것이다.

　그런 까닭에 군자는 덕을 닦고, 의리를 향해서 한결같이 하늘의 명령에만 귀를 기울일 뿐이다.

부록(附錄)

맘 속에 가지고 있는 일을 친구라 해서 가르쳐 주지 말라.
다음날 정이 멀어지면 큰 시비만 일고 마네.
세상에 하고 또 하는 일 아무리 해도 다할 수 없네.
하고 또 하다가 죽은 뒤에는 오는 자가 또 하고 하네.
가난하고 미천함은 부지런한 것 낳고,
부지런하고 검소함은 부하고 귀함 낳고,
부하고 귀함은 교만하고 사치함 낳고,
교만하고 사치함은 도로 가난하고 미천함 낳네.
사방으로 담 싼 안에 술과 계집, 재물과 기운 모두 있는 것,

어진 사람 어리석은 사람 모두 그 안에 들어 있네.
만일 그 담을 뛰어나올 수 있다면,
이것이 곧 몸을 편안케 하는 제일의 방도인 것.
사람이 넉넉함만 기다리나 어느 때 넉넉하리,
늙기 전에 한가해야 이게 바로 한가로운 것.

관성조묘비기사약(關聖祖墓碑記事略)

강희(康熙) 17년 무오(戊午)의 일이다. 해주(解州)란 고을에 상평사 우창(常平士于昌)이란 자가 탑묘(塔廟)에서 글을 읽고 있었다.

이 탑묘는 관후(關侯)의 옛집이었는데, 우창이 낮에 꿈을 꾸니 관후가 크게 쓴 역비(易碑)라는 두 글자를 자기에게 주는 것이다.

우창이 이것을 보고 깜짝 놀라 깨어 보니 옆에서 우물을 파는 사람이 큰 벽돌 하나를 깨고 있다. 그 벽돌 위에 무슨 글자가 있기로 우창은 급히 그 깨진 벽돌을 모아 놓고 읽어 보니, 거기에는 관후의 조부와 아버지 양대의 이름과 생졸(生卒)의 기사가 씌어 있는 것이다.

이 글에 씌어 있는 대로 우창은 산을 따라가서 그들의 묘소를 찾을 셈으로 해주땅 원으로 있는 주단(朱旦)에게 이 사연을 말하였다.

이 주단이 바로 관후 조부의 묘비 기사를 지었다는 사람이다. 그 기사에 이런 글이 실려 있다.

'후의 할아버지 석반공(石磐公)의 이름은 심(審)이요, 자는 문지(問之)이다. 화제(和帝)의 영원(永元) 2년경에 나서 해주 상평촌(常平村) 보지리(寶地里)에 살고 있었다. 사람됨이 화락하고 씩씩하며, 도를 좋아해서 《주역(周易)》과 《춘추(春秋)》를 그 아들에게 가르쳤다. 그는 영수(永壽) 3년 정유(丁酉)에 죽었으니 향년 68세였다. 아들의 이름은 의(毅)이고 자는 도원(道院)인데, 성품이 지극히 효성스러워 그 아버지가 죽은 뒤 3년 동안 시묘(侍墓)하고 상을 벗자 환제(桓帝)의 연희(延禧) 3년인 강인(康寅) 6월 24일에 후(侯)를 낳았다. 후는 그 후 호씨(胡氏)에게 장가들어 영제(靈帝)의 광화(光和) 원년 무오 5월 13일에 아들 평(平)을 낳았다.'

《역대군신록(歷代君臣錄)》에 말하기를,

'관우(關羽)[1]의 아버지는 그 이름이 난(欒)이었다'고 하였다. 이 역시 특이한 소문이기 때문에 이 부록에 기록해 둔다.

---

1) 중국 삼국 시대 촉한의 무장. 자는 운장. 유비·장비와 의형제를 맺고 촉의 건국에 큰 공을 세움.

하 권

 우리 동방은 옛날 은(殷)나라 태사(太師)[2] 이후로 수천 년이 내려오는 동안 사람들이 학문을 할 줄 알지 못하다가, 신라 말년에 와서 홍유후(弘儒侯)[3] 설총(薛聰)과 문창후(文昌侯)[4] 최치원(崔致遠)이 있어 공자(孔子)의 사당에 배향되었다.
 그러나, 특별히 글을 잘한 선비로서는 고려 때의 최문헌공(崔文獻公)[5], 안문성공(安文成公)[6] 등 몇 사람이 비로소 도학(道學)을 제창하기 시작하였으며, 그 뒤로 계속하여 칭송할 만한 분들이 나왔으니, 이를 다음에 기록하여 후학(後學)들의 상고할 자

---

2) 기자를 일컬음.
3) 원효대사의 아들. 유학과 문학을 깊이 연구함. 벼슬이 한림에 이르고, 중국 문자에 호를 다는 방법은 그가 만든 것으로 당시 학계에 큰 도움을 주었음.
4) 신라 때 학자. 호는 고운, 문창후는 시호임.
5) 고려 시대의 문신으로, 이름은 충. 유학의 정통을 안향에게서 계승해서 해동공자라는 칭호를 받음.
6) 고려 시대의 학자로, 이름은 향, 자는 사온, 호는 회헌. 유학을 크게 떨친, 우리 나라 최초의 주자학자.

료로 한다.

　문헌공(文獻公) 최충(崔冲)의 자는 호연(浩然), 본관은 해주(海州)이다. 포은(圃隱) 정몽주(鄭夢周)의 자는 달가(達可), 시호는 문충(文忠), 본관은 오천(烏川)이다. 목은 이색(李穡)의 자는 영숙(穎叔), 본관은 한산(韓山)이다. 야은(冶隱) 길재(吉再)의 자는 재부(再父), 본관은 해평(海平)이다. 강호(江湖) 김숙자(金叔滋)의 자는 자배(子培), 본관은 선산(善山)이다.

　양촌(陽村) 권근(權近)의 자는 가원(可遠), 시호는 문충(文忠), 본관은 안동(安東)이다. 점필재(佔畢齋) 김종직(金宗直)의 자는 계온(季昷), 시호는 문간(文簡), 강호(江湖)의 아들이다. 한훤당(寒暄堂) 김굉필(金宏弼)의 자는 대유(大猷), 시호는 문경(文敬), 본관은 서흥(瑞興)이다. 일두(一蠹) 정여창(鄭汝昌)의 자는 백욱(伯勖), 시호는 문헌(文獻), 본관은 하동(河東)이다. 충암(冲庵) 김정(金淨)의 자는 원충(元冲), 시호는 문간(文間)이다.

　정암(靜庵) 조광조(趙光祖)의 자는 효직(孝直), 시호는 문정(文正), 본관은 한양(漢陽)이다. 회재(晦齋) 이언적(李彦迪)의 자는 복고(復古), 시호는 문원(文元), 본관은 여홍(驪興)이다. 복재(服齋) 기준(奇遵)의 자는 자경(子敬), 본관은 양덕(陽德)이다. 규암(圭庵) 송인수(宋麟秀)의 자는 미수(眉叟), 본관은 은진(恩津)이다.

　모재(慕齋) 김안국(金安國)의 자는 국경(國卿), 시호는 문경(文敬), 본관은 의성(義城)이다. 이소재(履素齋) 이중호(履仲虎)의 자는 풍후(風后), 본관은 완산(完山)이다. 제주(祭酒) 우탁(禹倬)의 자는 탁보(倬甫), 본관은 단산(丹山)이다. 회헌(晦軒) 안향(安珦)의 시호는 문성(文成), 본관은 순흥(順興)이다.

화담(花潭) 서경덕(徐敬德)의 자는 가구(可久), 시호는 문강(文康), 본관은 당성(唐城)이다. 척약재(惕若齋) 김구용(金九容)의 자는 경지(敬之), 본관은 안동(安東)이다. 양심당(養心堂) 조성(趙晟)의 자는 백양(伯陽), 본관은 평양(平壤)이다. 보진암(葆眞庵) 조욱(趙昱)의 자는 경양(景陽), 조성(趙晟)의 아우이다.

청송(聽松) 성수침(成守琛)의 자는 중옥(仲玉), 본관은 창녕(昌寧)이다. 대곡(大谷) 성운(成運)의 자는 건숙(健叔), 본관은 창녕(昌寧)이다. 퇴계(退溪) 이황(李滉)의 자는 경호(景浩), 시호는 문순(文純), 본관은 진성(眞城)이다. 남명(南冥) 조식(曺植)의 자는 건중(健仲), 본관은 창녕(昌寧)이다.

사암(思庵) 박순(朴淳)의 자는 화숙(和叔), 본관은 충주(忠州)이다. 행촌(杏村) 민순(閔純)의 자는 경초(景初), 본관은 여흥(驪興)이다. 척암(惕庵) 김근태(金謹泰)의 자는 경숙(景叔), 본관은 강릉(江陵)이다. 밀양(密陽)이다. 일재(一齋) 이항(李恒)의 자는 항지(恒之), 본관은 창주(昌州)이다.

고봉(高峰) 기대승(奇大升)의 자는 명언(明彦), 본관은 양덕(陽德)이다. 율곡(栗谷) 이이(李珥)의 자는 숙헌(叔獻), 시호는 문성(文成), 본관은 덕수(德水)이다. 우계(牛溪) 성혼(成渾)의 자는 호원(浩原), 시호는 문간(文簡), 청송(聽松)의 아들이다.

한강(寒崗) 정구(鄭逑)의 자는 도가(道可), 본관은 성주(星州)이다. 월천(月川) 조목(曺穆)의 자는 사경(士敬), 본관은 백천(白川)이다. 중봉(重峰) 조헌(趙憲)의 자는 여식(汝式), 본관은 백천(白川)이다. 사계(沙溪) 김장생(金長生)의 자는 희원(希元), 시호는 문원(文元), 본관은 광주(光州)이다. 잠야(潛冶) 박지계(朴知誡)의 자는 인지(仁之), 본관은 천잠(天岑)이다.

여헌(旅軒) 장현광(張顯光)의 자는 덕회(德晦), 본관은 인동(仁同)이다. 신독재(愼獨齋) 기집(金集)의 자는 사강(士剛), 시호는 문경(文敬), 사계(沙溪)의 아들이다.

위에 기록한 분들은 도통(道統)을 말하면, 정포은(鄭圃隱)은 길야은(吉冶隱)에게 전하고, 야은은 김강호(金江湖)에게 전하고, 강호는 그 아들 점필재(佔畢齋)에게 전하고, 점필재는 김한훤(金寒喧)에게 전하였다.

김한훤은 다시 조정암(曺菴)에게 전하고, 정암은 성청송(成聽松)에게 전하고, 청송은 그 아들 성우계(成牛溪)에게 전하고, 우계는 김사계(金沙溪)에게 전하였다. 이것이 도통의 서로 이어 내려온 대략이다.

이회재(李晦齋)·이퇴계(李退溪)·이율곡(李栗谷) 같은 분은 사숙(私淑)으로 일어난 분들이다. 이것은 감히 외람되이 내가 정하는 것이 아니라, 선배들이 써 놓은 말에 의해서 할 따름이다.

한훤·정암·율곡은 《소학(小學)》으로 입덕(入德)의 문을 삼았고, 퇴계는 《심경(心經)》으로 초학(初學)의 종(宗)을 삼았다. 이것은 선배들도 그 취하는 바가 서로 같지 않다는 것을 말해 주는 것이다.

율곡과 퇴계는 자기들이 살 곳을 가려 살았는데, 그들은 반드시 산수(山水)의 취지에 중점을 두고 골랐던 것이다.

그런 때문에 율곡은 맨 처음에 수양산(首陽山) 밑에 집터를 닦으려 하다가 결과를 보지 못하고, 두 번째로 황해도 해주(海州)에 있는 허정(許亭)이란 곳에 집을 지으려고 계획하였다. 그러나 이것도 또한 결과를 이루지 못하고, 끝으로 고산(高山) 아래에 가서 집을 짓고 살았다. 이 곳이 바로 석담(石潭)이라는 곳으로서 지금은 서원(書院)이 있다.
　내가 일찍이 듣건대 이 석담이라는 곳은 산이 밝고 물이 고와서 석인(碩人)들이 두루 놀기에 마땅하다고 하나, 다만 농사지을 전지가 없고, 또 집을 지을 만한 터가 없다고 한다. 그러니 만일 인지(仁智)의 낙이 아니라면 어찌 여기에다가 터를 잡았을 리가 있겠느냐?
　그런 까닭에 율곡은 이런 이야기를 가지고 친구와 왕복한 서신 내용이 많다. 우계(牛溪)는 이 말을 시인하지 않고 말하기를,
"푸른 산, 흰 돌이 아무리 문앞에서 빛을 낸들 나의 심신이나 도덕에 대해 무슨 유익함이 있겠느냐?"
하였다. 이로 본다면 군자로서도 숭상하고 좋아하는 것이 서로 다르다는 것을 알 수가 있다.
　단학(丹學)이란 황제(黃帝)와 노자(老子)의 대도(大道)로서 곧 삼교(三敎)의 하나이니, 사람이 이 도를 얻게 되면 장생불사한다는 것이다.
　중국에서는 이 삼교(三敎)가 병행하였으나, 우리 나라에서는 다만 유교와 불교만 있고, 도교는 심히 드물게 유행하고 있다. 내가 야사(野史)와 제집(諸集)을 읽다가 그 가운데 단학에 대한 이적(異蹟)이 있는 것을 보았으나, 이것은 여러 가지 서적에 흩어져 있어서 상고하기가 어렵다.
　이에 이 사적을 한데 모아서 이름을 《해동이적전(海東異蹟傳)》이라고 하였다. 이 글은 모두 32편으로 되어 있고, 그 속에 수록한 사람은 모두 40명이나 된다.
　세대가 요원해서 혹은 칭호만 전하고 성명은 모르는 것도 있으며, 혹은 성만 있고 이름을 모르는 사람도 있다. 이제 와서

이것을 모두 상고할 수가 없기로 여기에서는 대강 아는 대로만 적어서 박흡(博洽)한 여러 선비들의 고증(考證)을 기다려 볼까 한다.

  단군(檀君) …… 이름은 왕검(王儉).《동국사(東國史)》·《조선본기(朝鮮本紀)》·《여지지(與地志)》·《동사보감(東史寶鑑)》등에 있음.

  혁거세(赫居世) ……《동국사 신라본기(東國史 新羅本紀)》《여지지(與地志)》·《미수집(眉叟集)》등에 있음.

  동명왕(東明王) …… 이름은 주몽(朱蒙).《동국사(東國史)》·《고구려본기(高句麗本紀)》·《여지지(與地志)》등에 있음.

  술랑(述郎).

  안상(安詳).

  이상은 모두 신라 사람.《여지지(與地志)》에 있음.

  옥보고(玉寶高) …… 신라 경덕왕(景德王) 때 사람.《여지지(與地志)》·《동산집(東山集)》등에 있음.

  김겸호(金謙好).

  소하(蘇蝦).

  대세(大世) …… 신라 진평왕(眞平王) 때 사람.

  구칠(仇漆) …… 대세(大世)와 같은 때 사람.

  참시조(旵始曹) …… 위(魏)나라 때 사람.

  이상은《여지지(與地志)》에 있음.

  김가기(金可記) …… 신라 때 사람인 동시에 당나라 선종(宣宗) 때 사람. 중국《열선전(列仙傳)》·《사림광기(事林廣記)》등에 있음.

  최치원(崔致遠) …… 자는 고운(孤雲), 사량부(沙良部) 사람.

《미수집(眉叟集)》·《동사보감(東史寶鑑)》·《필원잡기(筆苑雜記)》·《두류록(頭流錄)》 등에 있음.

권진인(權眞人) …… 《사부고(四部稿)》·《지봉유설(芝峰類說)》· 등에 있음.

강감찬(姜邯贊) …… 고려 현종(顯宗) 때 사람.《동국사기(東國史記)》에 있음.

김시습(金時習) …… 자는 열경(悅卿), 호는 매월당(梅月堂).《명신록(名臣錄)》·《어우야담(於于野談)》·《율곡집(栗谷集)》 등에 있음.

홍유손(洪裕孫) …… 호는 조총(篠叢), 세조(世祖) 때 사람.《묵암잡기(默菴雜記)》에 있음.

정붕(鄭鵬) …… 호는 신당(神堂), 성종(成宗) 때 사람.《청강쇄어(淸江瑣語)》·《일선지(一善志)》 등에 있음.

정수곤(丁壽崑) …… 성종(成宗) 때 사람.《청강쇄어(淸江語)》·《정씨술선록(丁氏述先錄)》 등에 있음.

정희량(鄭希良) …… 자는 순부(淳夫), 호는 허암(虛菴).《우계집(牛溪集)》·《어우야담(於于野談)》·《사재척언(思齋摭言)》·《명신록(名臣錄)》 등에 있음.

남주(南趎) …… 곡성(谷城) 태생. 중종(中宗) 때 사람.《지봉유설(芝峰類說)》에 있음.

지리선인(知異仙人) …… 《오산설림(五山說林)》에 있음.

서경덕(徐慶德) …… 자는 가구(可久), 호는 화담(花潭).《상촌집(象村集)》·《사부고(四部稿)》·《오산설림(五山說林)》·《취재집(取齋集)》 등에 있음.

정렴(鄭磏) …… 자는 사결(士潔), 호는 북창(北窓), 중종(中

宗) 때 사람.《본집(本集)》·《명신록(名臣錄)》등에 있음.

  정작(鄭碏) …… 자는 고옥(古玉), 북창의 아우.

  정초(鄭礎) …… 호는 계헌(桂軒), 북창의 종형(從兄).

  전우치(田禹治) ……《어우야담(於于野談)》·《오산설림(五山說林)》에 있음.

  윤세평(尹世平) ……《지봉유설(芝峰類說)》·《청강쇄어(淸江語)》등에 있음.

  한라선옹(漢挐仙翁) ……《청음남사록(淸陰南槎錄)》에 있음.

  남사고(南師古) …… 호는 격암(格菴), 울진(蔚珍) 사람.《상촌집(象村集)》·《사부고(四部稿)》·《오산설림(五山說林)》·《지봉유설(芝峰類說)》등에 있음.

  박지화(朴枝華) …… 자는 군실(君實), 호는 수암(守菴).《어우야담(於于野談)》·《제호집(霽湖集)》에 있음.

  이지함(李芝함) …… 자는 형백(馨伯), 호는 토정(土亭).《명신록(名臣錄)》·《어우야담(於于野談)》에 있음.

  한계노승(寒溪老僧) ……《어우야담(於于野談)》에 있음.

  유형진(柳亨進). 장한웅(張漢雄).

  이상은 ……《사부고(四部稿)》에 있음.

  남해선인(南海仙人) ……《지봉유설(芝峰類說)》에 있음.

  장생(蔣生) ……《사부고(四部稿)》에 있음.

  곽재우(郭在祐) …… 자는 계유(季綏), 현풍(玄風) 태생. 선조(宣祖) 때 사람.《명신록(名臣錄)》·《지봉유설(芝峰類說)》에 있음.

  동명(東溟) 정공(鄭公)이 나를 위해서《해동이적전(海東異蹟傳)》에 서문을 써 주었기 때문에 이 서문에 대한 이야기를 아울

러 쓰는 바이다. 그 서문에 말하기를,

'세상에 우리 도〔吾道〕[1] 이외에 또 무슨 도가 있나? 주(周)나라 때 이르러 노씨(老氏)와 불씨(佛氏)가 일어난 뒤에 그 교리가 천하에 크게 행해지게 되었다. 그런 때문에 천하에서는 이 두 가지 교와 우리 유교를 합해서 삼교(三敎)라고 말하는 것이다. 우리 동방은 원래 불씨만 숭상하고 노씨(老氏)는 숭상하지 않았다. 그래서 우리 나라 수천 리 지역에 난야(蘭若)[2]나 사문(沙門)[3]은 몇만 개가 되는지 알 수 없건만, 도관(道觀)[4]이란 것은 하나도 없었으며, 또한 도사(道士)라는 사람은 더구나 하나도 없었다. 그러니 이것만으로도 불씨만 숭상하고 노씨는 숭상하지 않았다는 것을 알 수가 있다. 노씨와 불씨를 우리는 다같이 이단(異端)이라고 한다. 그러나 그들의 교리를 따져 보면 노씨의 교리는 천하를 다스릴 만한 것이다. 그런 때문에 한(漢)나라 문제(文帝)는 이 도를 가지고 태평 시대를 이루었으며 장유후(張留侯)[5]는 이 도를 얻어 가지고 큰 공로를 보전하였다. 또 조삼(曺參)[6]과 급암(汲黯)[7]은 이 도의 이치를 얻어 가지고 각각 이름난 신하가 되었다. 거기에는 물론 얕고 깊은 것은 있다고 할지라도 그 얻는 바는 일반이다. 그렇다면 노씨의 교리는 불씨보다 훨씬 어질다고 하겠다. 우리 나라 산수(山水)로 말하면 세계

---

1) 여기서는 유교를 말함.
2) 고요한 곳이라는 뜻으로, 절을 가리킴.
3) 머리를 깎고 불문에 들어가서 도를 닦는 사람. 중을 말함.
4) 도사가 수도하는 산의 깊은 곳. 곧 도장.
5) 한고조의 공신인 장량.
6) 한고조의 공신. 소하가 죽은 뒤에 정승이 됨.
7) 전한 때 명신으로 노장학을 즐겨 했음.

에 제일이라고 한 대도 과언이 아닐 것이다. 단군(檀君)·기자(箕子) 때부터 천지의 기운을 먹고 얼굴을 단련하며 바람을 먹고 이슬을 마시는 사람들이 많았다. 그러나 이런 일들은 세상 사람들의 숭상을 받지 못한 때문에 널리 전해지지 않았을 뿐이다. 그런 때문에 물외(物外)의 선비들은 이것을 한탄하고 있을 뿐이었다. 홍군 만종(洪君萬宗)은 《여지지(輿地志)》 및 야사제서(野史諸書)를 주워 모아서 책 1권을 만들고 이것을 제하여 《해동이적전》이라고 하였다. 옛날 유향(劉向)[1]과 갈홍(葛洪)[2]이 《열선전(列仙傳)》을 지어서 비로소 옛날의 이인(異人)들이 후세에 그 이름을 전하게 되었던 것이니, 이것은 오로지 두 사람이 힘이라 하겠다. 이제 홍군(洪君)도 또한 유향·갈홍과 같은 공로를 남겼다고 할 것이다. 정두경(鄭斗卿) 지음.'

불교가 한번 나오자 그 교리(敎理)는 마치 불꽃처럼 성해져서 온 세계에 퍼지고 보니 이에 유도(儒道)와 더불어 양대가(兩大家)가 되었다.

우리 동방에서는 불교가 신라 시대에 극도로 성하였고, 또 고려시대에도 이름이 떨쳤으며, 아조(我朝)에 들어와서는 조금 쇠해지더니 지금은 그나마도 점점 없어져 버렸으니 그 성하고 쇠하는 것이 시대에 따라 다른 것을 알 수가 있다.

신라부터 조선까지 수천 년이 넘도록 검은 옷을 입고 머리를 깎은 자들이 마음을 밝히고 성품을 닦아서 도를 얻어 세상에 이름을 알린 자가 얼마나 되는지 한량이 없다. 그러나 그중에서 뛰어나게 이름난 중을 서적에서 상고해 보고 대강 그 사적을 여

---

1) 전한 선제 때 유학자. 목록학의 시조.
2) 진(晋)나라 때 도가. 호는 포박자.

기에 기록해 두는 것이다.
　만일 세상에서 중의 이야기를 좋아하기를 소설당(蘇雪堂)[3]·왕양명(王陽明)[4]과 같은 이가 있어서 이 글을 본다면 아침 저녁으로 들여다볼 뿐만이 아닐 것이다.
　순도대사(順道大師) …… 고구려(高句麗) 소수림왕(小獸林王) 때에 비로소 불교(佛敎)를 일으켰다.《고구려본기(高句麗本紀)》참조.
　난타대사(難陀大師) …… 백제(百濟) 침류왕(枕流王)때에 비로소 불교를 일으켰다.《백제기(百濟紀)》참조.
　아도화상(阿道和尙) …… 신라(新羅) 눌지왕(訥祇王) 때에 비로소 불교를 일으켰다. 흥륜사(興輪寺)를 창건하고, 천화자락(天花自落)을 강연함.《신라본기(新羅本紀)》참조.
　낭지법사(朗智法師) …… 구름을 타고 서축(西竺)에 갔다 옴.
　보덕화상(普德和尙) …… 처음에는 동도(東都)에 있었으나, 신라 왕을 간하다가 듣지 안으므로 방장(方丈)을 완산주(完山州) 고대산(孤大山)으로 옮겼다.
　자장법사(慈藏法師) …… 그 어머니가 별이 떨어져서 품속으로 들어오는 꿈을 꾸고 태기가 있어 그를 낳았다. 당(唐)나라에 들어가서 불상(佛像)과 경문(經文)을 얻어 가지고 돌아왔다.
　양지법사(良志法師) …… 동도(東都)에 있을 때, 지팡이 끝에 포대(布袋) 하나를 걸어 놨더니 그 지팡이가 저절로 날아서 남의 집으로 들어가 무슨 소리를 내고서 있는 것이다. 그래서 그

---

3) 소동파.
4) 명나라 때 학자이며 정치가. 이름은 수인, 양명은 그의 호. 양명학을 세워 지행합일설을 주창함.

절을 석장(錫杖)이라고 이름지었다.

  원효대사(元曉大師) …… 그 어머니가 꿈에 별 하나가 품 속으로 들어오는 것을 보고 태기가 있어 원효를 낳았다. 그는 신라 왕의 공주에게 장가들어 설총(薛聰)을 낳았다. 총(聰)은 널리 경사(經史)에 능통하여 신라 때의 대유(大儒)가 되었다. 원효는 실계(失戒)하자 속복(俗服)을 벗고 스스로 소성거사(小姓居士)라고 호하였다. 그가 죽자 총은 그의 유해를 빻아서 소상(塑像)을 만들어 분황사(芬皇寺)에 안치하여 경모하는 뜻을 표하였다.

  의상법사(義湘法師) …… 중국에 들어가서 지엄대사(智儼大師)를 만나 불교의 묘한 뜻을 배웠다. 본국으로 들어오자 부석(浮石)·화엄(華嚴) 등 열이나 되는 큰 절을 이룩하였고, 지통(智通)·표훈(表訓) 등 열 명의 큰 제자를 두었는데, 그들은 모두 불교의 정안(正眼)을 갖추어 저마다 종주(宗主)가 되었다.

  밀본법사(密本法師) …… 신라 선덕공주(善德公主)가 병이 있자 중을 불러 치료하도록 하였다. 밀본은 이때 궁문 밖에서 약사경(藥師經)을 외니, 그가 가졌던 육환장(六環杖)이 날아서 궁중으로 들어가더니 늙은 여우 한 마리를 찔러 뜰 아래 거꾸러뜨렸다. 이리하여 공주의 병은 완쾌되었다.

  도의국사(道義國師) …… 사적을 알 수 없음.

  진표율사(眞表律師) …… 사적을 알 수 없음.

  진감국사(眞鑒國師) …… 그 어머니가 꿈을 꾸니, 한 중이 와서 말하기를 원컨대 그대의 아들에게 이 유리 항아리를 주고 싶소 하더니 이내 태기가 있어 진감(眞鑒)을 낳았다. 세상에서 검단선사(黔丹禪師)라고 하는 이가 바로 이 진감국사를 말하는 것이다. 최고운(崔孤雲)이 그 비문을 지었는데, 비는 지리산 쌍계사(雙溪寺)에 있다. 이상의 기사는 《삼국사기(三國史記)》에 나타난 사적이다.

범일국사(梵日國師) …… 사적을 알 수 없음.

철감국사(哲鑒國師) …… 사적을 알 수 없음.

무염국사(無染國師) …… 비석이 문경(聞慶) 양산(陽山)에 있음.

도헌국사(道憲國師) …… 사적을 알 수 없음.

홍척국사(洪陟國師) …… 사적을 알 수 없음.

보조국사(普照國師) …… 사적을 알 수 없음.

혜각존자(慧覺尊者) …… 사적을 알 수 없음. 이상은 모두 《법원록(法苑錄)》에 기록되어 있음.

인각국사(麟覺國師) …… 비석이 청도(淸道)에 있음.

도선국사(道詵國師) …… 영암(靈巖) 사람. 그 어머니가 시집가기 전에 어느 겨울날 산 밑 시내에서 빨래를 하는데 갑자기 파란 외 한 개가 물 위를 떠내려 왔다. 그녀는 이것을 집어 먹었더니 이로부터 태기가 있어 도선(道詵)을 낳았다. 그 집에서는 상서롭지 못한 일이라 해서 어린애를 내다가 숲 속에 버렸다. 그러나 비둘기 떼가 날아와서 날개로 그 어린애를 보호해 주므로 이것을 이상히 여겨 도로 데려다가 잘 키웠더니 이가 도선이 되었다. 그래서 후세 사람들이 그 마음을 구림(鳩林)이라고 불렀다. 세상에 전하기를, 도선이 당나라로 들어가 한 가지 술학(術學)을 배워 왔으니, 이 사적이 《정림기(淨林記)》에 있다.

무학묘엄존자(無學妙嚴尊者) …… 삼가(三嘉) 사람. 도(道)가 높고 상위(象緯)[1]·감여(堪輿)[2]에 능통하였다. 비석이 양주(楊

---

1) 일월(日月)과 오성(五星)의 이치.
2) 묘지나 집 터 등의 좋고 나쁨를 가리는 술수. 즉 풍수.

洲) 회암사(檜巖寺)에 있음.

나옹선사(懶翁禪師) …… 호는 강월당(江月堂), 영해(寧海) 사람. 목은(牧隱)이 비문을 지었고 비는 여주(驪州) 벽사(甓寺)에 있음.

달공화상(達空和尙) …… 사적을 알 수 없음.

무준선사(無準禪師) …… 호는 함허당(涵虛堂),《선약경설의(船若經說義)》를 지음. 이상은《명승전(名僧傳)》에 기록되어 있음.

보우(普愚) …… 호는 태고(太古), 양근(楊根) 사람, 중국에 들어가서 임제(臨濟)의 18대 적손 석옥청공(石屋淸供)의 도통(道統)을 전해 받아 가지고 돌아왔다. 비석이 삼각산 중흥사(重興寺)에 있음.

혼수(混修) …… 호는 환암(幻庵). 비석이 충주 청룡사(靑龍寺)에 있음.

각공(覺空) …… 호는 귀곡(龜谷).《행장(行狀)》에 있음.

정심(正心) …… 호는 등계(登階). 부안(扶安) 사람.《행장(行狀)》에 있음.

지엄(智嚴) …… 호는 벽송(碧松). 조선 성종(成宗) 때 사람. 어머니의 꿈에 한 중이 와서 예하는 것을 보고 이내 태기가 있어 그를 낳았다.

일선(一禪) …… 호는 경성당(敬聖堂). 집이 용의 굴에 가까웠는데, 구름이 끼면 무슨 풍류 소리가 들려오므로 사람들은 이를 용의 음악 소리라고 하였다. 지팡이로 상을 치면 그 음악 소리가 갑자기 그치곤 하였다. 어느 날 용이 물위에 나타나니 사람들은 모두 놀라서 어찌 할 줄을 몰랐다. 이에 영관이 한번 꾸짖었더니, 용은 간데없이 사라져 버리므로 사람들이 모두 이상히 여겼다.《행장(行狀)》에 있음.

휴정(休靜) ······ 호는 청허당(淸虛堂), 또는 서산(西山). 완산(完山) 사람, 그 어머니가 꿈을 꾸니 한 노파가 와서 예를 베풀더니 이내 태기가 있어 휴정을 낳았다. 나이 14세가 되자 관학(舘學)에 이름이 올랐더니 뒤에 산을 다니며 놀다가 영관대사(靈觀大師)를 만나본 뒤에 드디어 머리를 깎고 중이 되었다. 그의 오도시(悟道詩)에 말하기를, '만국의 도성 모두 개미 구멍 같고, 1천 집 호걸들 닭의 요리 같네. 한창 밝은 달 청허한 베갯머리, 무한한 솔바람 소리 고르지 않네' 하였다.

지상(志常) ······ 호는 노송당(老松堂), 울산 사람.

유정(惟政) ······ 호는 사명(四溟), 밀양 사람. 임진왜란 때 의승(義僧)이 되었고, 그 후 10년에 통화(通和)할 일로 일본에 들어가니 왜인들이 대우하기를 심히 후하게 하였다. 나라에서 시호를 내리니, 홍제(洪濟)이다.

홍견(洪堅) ······ 호는 기암(奇巖), 여주 사람. 서산(西山)의 제자.

언기(彦機) ······ 호는 편양당(鞭羊堂), 서산의 제자.

충휘(忠徽) ······ 호는 운곡(雲谷), 서산의 제자.

수초(守初) ······ 호는 취미(翠微). 이상은 모두《본집(本集)》에 있음.

대개 말하기를 대사(大師)니 화상(和尙)이니, 법사(法師)니, 율사(律師)니, 존사(尊師)니 하는 것은 모두 사문(沙門)에서 존칭하는 말이다. 또 국사(國師)라고 일컫는 말은 곧 그 당시 국가에서 봉해 준 칭호로서 오늘날의 관호(官號)와 같은 것이다.

우리 동방에는 서적이 미비하고 또는 근래에 있어서 사문이

적막하여 증명할 만한 자가 없기 때문에 아도화상(阿道和尙)으로부터 무준선사(無準禪師)에 이르기까지 그 중간에 서로 이어 내려온 계통을 알 수 없다.

또 태고 때부터 환암(幻庵)·귀곡(龜谷)·등계(登階)·벽송(碧松)·부용(芙蓉)·청허(淸虛)에 이르기까지 이 6대 동안은 직접 석가의 정통을 전해 왔다.

사명(四溟)은 서산(西山)에게 의발(衣鉢)을 받았으나 도통(道統)을 잇지는 못하였고, 기암(奇巖)·운곡(雲谷)도 또한 근대에 있어서는 공문(空門)에 현저한 자이고, 취미(翠微)는 곧 서산의 삼세법손(三世法孫)으로서 도행(道行)이 있고 당세에 이름을 날렸었다. 천하에는 세 가지 교가 있으니 그것은 유교·도교·불교라는 것이다.

인의(仁義)를 주로 하여 자기의 덕을 닦고 남의 덕까지 밝혀서 군신(君臣)과 부자(父子)로 하여금 오륜(五倫)을 밝게 하고, 만가지 이치를 편하게 하여 곤충과 초목까지도 모두 그 혜택을 입게 하고, 명이 다 하면 천지의 조화를 타고 돌아가서 하늘이 준 성품을 순하게 하는 것은 성현의 도이다.

맑고 깨끗한 것을 주로 하여 수화(水火)로 얼굴을 단련하고 기운을 인도하며, 그 껍질을 버리고 정신을 길러서 물건 밖에 뛰어나며, 항해(沆瀣)[1]와 이슬을 마시고 적하(赤霞)[2]를 마시고, 일화(日華)[3]와 월정(月精)[4]을 씹으며, 티끌 세상을 부유(蜉蝣

---

1) 깊은 밤중에 내리는 이슬의 기운, 도가에서는 이것을 마셔 수명(修命)의 약으로 삼는다고 함.
2) 붉게 물든 저녁놀.
3) 밝은 햇빛.
4) 달의 정기.

)⁵⁾같이 보고, 고금과 역대의 일을 아침 일이나 저녁 일같이 여기며, 천백년을 지나도 세속과 인연을 끊는 이것이 바로 노씨(老氏)의 도이다.

다음으로 적멸(寂滅)을 주로 하여 보도(普渡)⁶⁾로 어미를 삼고 방편(方便)⁷⁾으로 아비를 삼으며, 법회(法喜)⁸⁾로 아내를 삼고 자비로 아들을 삼아 번뇌를 덜어 버리니, 여기에는 아무런 착념도 없고 원통(圓通)⁹⁾만이 스스로 있을 뿐이다. 변함을 따라서 저촉되는 것도 없고 윤회¹⁰⁾의 길이 끊어지며, 지옥에 영멸(永滅)이 된다 하여도 몸이 무너질수록 더욱 밝고, 겁(劫)이 다한다 해도 더욱 굳세게 되는 것은 이것이 석씨(釋氏)의 도이다.

이것은 삼교(三敎)가 제각기 다른 점인데, 선도(仙道)와 불도(佛道)는 단순히 괴이한 것으로 근본을 삼았으니, 마치 포백(布帛)과 숙속(菽粟)이 일용에 필요해서 아무에게도 없어서는 안되는 것과 마찬가지이다. 내가 일찍이 《공자가어(孔子家語)》¹¹⁾를 보니 거기에 말하기를,

'곡식을 먹는 자는 지혜는 있지만 일찍 죽게 되며, 아무것도 먹지 않는 자는 아주 죽지 않는 신이 된다.'

고 하였다. 이것은 다시 말하면, 곡식을 먹는다는 것은 곧 세속 사람을 말하는 것이요, 공기를 먹는다는 것은 신선을 가리키는

---

5) 하루살이.
6) 여러 사람을 불문에 들어오게 함.
7) 중생을 건지기 위해 마련한 수단 방법.
8) 신앙으로 참된 깨달음을 얻는 마음의 기쁨.
9) 널리 통달함. 불보살의 묘오(妙悟).
10) 수레바퀴가 돌고 돌아 끝이 없는 것과 같이, 중생의 영혼은 육체처럼 멸하지 않고 전전하여 무시무종(無始無終)으로 돈다는 말. 윤회생사의 줄인 말.
11) 공자가 그 제자들 또는 각 나라의 제후·사대부들과 더불어 문답한 것을 기록한 책.

말이요. 아무것도 먹지 않는다는 것은 곧 부처를 가리키는 것이다. 장유(張維)[1]의 《혜곡만필(谿谷漫筆)》에 보면 이런 말이 있다.

'중국은 학술에 여러 갈래가 있는 까닭에 정학(正學)·선학(禪學)·단학(丹學)[2] 등의 학술이 있고, 또는 정자(程子)[3]·주자(朱子)[4]의 학문을 배우는 자도 있으며 육씨(陸氏)[5]의 학문을 배우는 자도 있다. 그렇기 때문에 중국에서는 그 학문의 길이 하나로만 되어 있지가 않다. 그러나 우리 나라에서는 유식하고 무식한 사람을 막론하고 하나같이 정자(程子)와 주자(朱子)만 배우고 외울 뿐, 다른 학문이 있다는 말은 듣지 못하였으니 이것은 어찌 우리 나라가 학문을 배우고 익히는 것이 과연 중국보다 나아서 그렇단 말인가? 그런 것이 아니다. 대개 중국의 인재들은 그 뜻하는 바가 녹록(碌碌)하지 않기 때문에 뜻이 있는 자는 일심으로 학문을 한다. 그래서 자기가 좋아하는 데에 따라서 각각 그 실득이 있어서 그런 것이다. 그러나 우리 나라는 그렇지 못하다. 우리 나라 학자들은 여러 방면에 구속을 받아서 아무런 뜻도 기운도 없이 다만 정(程)·주(朱)의 학설이 세상에서 제일 귀중하다는 말만 듣고 입으로만 지껄이고 얼굴로만 존경할 따름이다. 이것은 오직 이른바 잡학(雜學)만 없을 뿐 아니라, 또한

---

1) 조선 인조 때 문신. 자는 지국, 호는 계곡. 천문·지리·의술·병서에 모두 능했고, 그림과 글씨에도 조예가 깊었는데, 특히 문장에 뛰어났음.
2) 유교·불교·도교를 일컬음.
3) 정이. 북송의 대학자. 이천백을 봉했으므로 이천선생이라고도 함. 이기의 철학을 처음 주창.
4) 남송의 대학자인 주희. 자는 원회, 호는 회암. 주자학의 비조.
5) 육구연.

어찌 이른바 정학(正學)엔들 실득이 있겠는가? 이것은 비유해서 말하자면, 토지를 개간하고 곡식의 씨를 뿌리며, 결실도 잘한 뒤에야 곡식과 피(稗)를 가릴 수가 있을 것인데, 아득한 적지(赤地) 위에서 무엇이 곡식인지 무엇이 피인지 가릴 여지가 있겠는가?'
하였다. 계곡(谿谷)의 이 말은 무슨 감상이 이어서 한 말일 게다. 나도 이 말에 대해서 남 모르는 동안에 무엇인가 마음이 쏠리는 때문에 아울러 여기에 기록하여 대아군자(大雅君子)들의 상량이 있기를 바라는 바이다.

  신선의 몸을 수련하는 술법에 대해서는 친히 그 방면에 경험이 없는 자로서는 경솔히 의논하지 못할 것이다. 세상 사람들은 모두 신선의 도를 허탄하고 망령된 것이라 해서 믿을 수 없다고 한다. 그러나 정명도(程明道)[6]는 말하기를,
"천지의 조화를 얻어서 자기의 수를 늘여 더 살 수 있게 한다."
하였으며, 또 정이천(程伊川)[7]은 말하기를,
"세 가지가 어렵다."
고 하였는데, 그 첫머리에 수련을 말하였고, 다음으로 장생(長生)을 말하였다. 이 장생을 가지고 말하자면, 세상에 과연 이런 도가 없다면 선유(先儒)들이 이런 등등의 말을 하였을 리가 없다는 것이다.

---

6) 북송의 대유(大儒). 자는 백순이며 호는 명도로, 명도선생이라고 부름. 아우 이와 함께 주염계의 문인임. 시호는 순.
7) 북송의 학자 정이. 자는 정숙.

"나의 뱃속에 어찌 이런 것을 붙이겠는가?"
하였다는 것이다. 한 도사는 이 법을 세상에 전하고자 수련하는 법을 물어 보려고 선생을 찾아갔다. 그러나 이 도사가 선생을 찾던 날 선생은 마침 세상을 떠났다는 것이다.

또 상고해 보건대,《진단통재(震旦通載)》라는 책에 말하기를, 회암 주선생(晦庵 朱先生)[1]이 일찍이 단학(丹學)에 뜻을 두어 도가 거의 이루어지게 되자 금빛 광채가 단전(丹田)에서 나오므로 선생은 즉시 깨닫고 그 법을 중지하면서 말하기를,

"사람이 죽고 나는 것은 밤과 낮에 떳떳한 도수가 있는 것과 마찬가지인데, 어찌 하늘을 어기고 이치를 거스릴 수가 있겠느냐?"
하고, 여기에 대한 감회를 표명하는 감흥편(感興篇)을 지었다 한다. 그 글에 말하기를,

'신선을 배우는 표표한 무리들, 이 세상 버리고 구름 산 속에 가 있도다. 하늘에 감추인 것도 열어 볼 수 있고, 살고 죽는 한계, 맘대로 한다네. 금 솥 소에 용과 범이 서렸는데, 3년만 기르면 그 정신 단(丹)이 되네. 도규(刀圭)[2] 한번 입 속에 들어가면, 밝은 대낮에도 날개 생겨 날아간다네. 나도 이를 따라 가고자 한다면, 옛일 버리기 어렵지 않지만, 다만 두려운 건 천리를 거스리니 살기만 도모함이 어찌 마음에 편안하리.'
하였다. 이 글은 선생의 문집 속에 실려 있다. 이런 것으로 본다면 명도·퇴암 두 분도 이 단학에 종사하였던 것을 알 수가 있다.

---

1) 주희를 말함.
2) 상고(上告)의 도를 기입한 글. 붉은 참새가 물고 왔다는 글.

그런데 주자양(朱紫陽)[3]의 《참동계(參同契)》에도 이 말에 대해서 주석까지 달아 놓았으니, 이 선도(仙道)가 없다고만은 말하지 못할 것이다. 《비설집(飛雪集)》을 상고해 보면 이런 이야기가 있다.

정명도 선생이 일찍이 어느 절간에서 하룻밤을 쉬게 되었다. 밤중에 무슨 소리가 달각달각 들려오므로 그는 등불을 밝히고 소리나는 곳을 조사해 보니 쥐 한 마리가 부처의 배꼽 밑에서 무슨 종이 한 조각을 물고 나오려 하고 있다.

선생은 쥐르 쫓고 그 종이를 집어 읽어 보니 이것이 바로 단서(丹書)[4]라는 글이다. 선생은 이 글을 딴 종이에 베낀 다음 원본은 전에 있던 대로 부처 배꼽에 끼워 두고, 이튿날 소공(塑工)을 불러서 부처의 배꼽 구멍을 틈이 보이지 않도록 발라 버렸던 것이다.

그 후에도 명도 선생은 그 단서에 써 있는 대로 법도에 맞추어 한 달이 넘도록 수련을 쌓았다. 이때 명도 선생의 집을 지나던 사람들은 선생이 거처하는 방 위 대마루에 무슨 빛이 훤하게 떠오르고 있는 것을 보고 무슨 일인가 의심하여 여러 사람이 뛰어들어가 봤으나 아무런 일도 없었다.

명도 선생은 이런 일이 있은 뒤로는 다시는 수련을 쌓은 일이 없다고 한다. 이밖에도 또 한 가지 이상한 이야기가 있다. 선생이 무슨 환약 한 개를 은그릇에 발라 두었더니 그 그릇이 변해서 금이 되었다. 이것을 본 사람들이 선생을 풍자하느라고 그 금을 먹으라고 하였더니 선생은 말한다.

---

3) 주희를 말함.
4) 약을 떠 먹는 숟가락. 여기서 약이란, 먹으면 신선이 된다는 약을 말함.

그러나 다만 그들이 그 공과 효과를 발휘하지 않은 것은 오직 천리(天理)를 순케 하여 정도(正道)로 돌아갔을 뿐이라는 것이다. 그러나 주자양(朱紫陽)의 《조식잠(調息箴)》에 말하기를,

　'코 끝의 흰 빛을 나는 이미 보고 있지. 시간 따르고 장소 따라 가는 대로 의지하네. 극도로 고요하고 허탈하면, 봄 못 속에 노는 물고기 같고, 극도로 움직이고 들레이면, 백 가지 벌레가 요동치는 듯하네. 열고 닫는 화기 속에, 묘리가 무궁하네. 누가 주장하든지, 주인공의 공력일세. 구름 속에 누워 자고, 하늘 위에 나는 것을, 나는 감히 의논도 못 하지만, 하나를 지키고 화락한데 처한다면, 1천 200세 살기는 어려울 것 없네.'

하였다. 이것으로 보면 선생의 단학을 수련한 묘방을 넉넉히 볼 수가 있다. 선생이 만일 자세한 경험이 없었다면 어찌 '봄 못 속에 노는 물고기'니 또는 '경칩을 지난 후에' 움직이는 벌레'니 하는 형식으로 표현을 할 수가 있었겠는가?

　나는 이런 까닭으로 이 단학을 경솔하게 봐 넘길 수가 없다고 말하는 것이다. 대개 이 술법은 지극한 이치로부터 나왔기 때문에 하나가 둘을 낳고, 둘이 넷을 낳고, 넷이 여덟을 낳게 되어 64라는 숫자까지 이르게 된다.

　이것을 갑절이나 몇 갑절로 나누어서, 만 가지 물건이나 만 가지 일이 이루어지게 하는 것이니 이것이 즉, 인도(人道)이다. 또 다리를 포개어 단정히 앉아서 주렴을 내리고, 귀를 막고서 만 가지 복잡한 생각을 수습하여 하나도 없는 태극(太極)[1]의 묘리에 돌리는 것은 선도(仙道)이다.

---

1) 우주 만물 구성의 근원이 되는 본체.

눈으로 보고 코로 말하고 코로 대답하며 배꼽으로 굴리어 숨을 들이쉴 때는 기운을 끊지 않고, 숨을 내쉴 때에는 약하게 해서 신기(神氣)를 배꼽 및 단전(丹田)[2]으로 모으면 소위 현빈(玄牝)[3]이라는 한 구멍을 얻게 되느데, 모든 것은 이 구멍으로 통하게 되는 것이다.

이것으로 말미암아 태식(胎息)[4]이 되고, 이것으로 말미암아 주천화조(周天火條)[5]도 되고, 이것으로 말미암아 결태(結胎)[6]가 된다는 것이다. 이것은 필연한 이치이나 그 도가 이루어지고 이루어지지 못하는 것은 이 도를 수련하는 자의 성의 여하에 달려 있다고 하겠다.

몇 해 전에 우재(尤齋) 송상공(宋相公)[7]이 임금의 부름을 받고 서울에 올 때에 남호정사(南湖亭榭)에서 머물게 되었다. 이때 내가 가서 인사를 하였더니 공(公)은 나에게 묻는 것이다.

"근래에 참동법(參同法)을 얼마나 시험하였는가?"

나는 여기에 대답하기를,

"이 법은 집안 일을 집어치우고 산 속에 들어가서 고요히 앉아야만 할 일이니 세상에 나와 다니는 사람으로서는 말해야 할 수가 없는 법으로 압니다."

---

2) 배꼽에서 한 치쯤 아래 부분.
3) 만물을 낳고 성장시키는 도. 현은 그 작용이 미묘하고 심오한 것이며, 빈은 암컷이 새끼를 낳듯이 도가 만물을 냄.
4) 도가에서 행하는 호흡법의 한 가지. 마음에 잡념을 없애고 편안히 숨을 쉬어서 기운이 배꼽 아래에 미치게 해서 이것이 익숙해지면 오래 산다고 함.
5) 해·달·별 들이 하늘에서 도는 길을 말함.
6) 태기가 있어서 생산함.
7) 조선 숙종 때 학자 송시열. 노론의 영수. 호는 우암.

하였더니, 공도 웃으면서 그렇다고 시인하였다. 공은 일찍이 내가 지은《해동이적전(海東異蹟傳)》에 서문을 쓴 일이 있는 때문에 내가 단학(丹學)에 유의하는 줄을 알고 이런 문답이 있었던 것이다.

아아! 내가 젊었을 적에 도가(道家)의 학문을 좋아해서 참동(參同)·황정(黃庭)의 서적에 대해서 유의해 온 지가 이미 여러 해가 되었다. 그러나 오늘날 내 얼굴을 볼 때 이가 빠지고 머리가 벗어지고 말았으니 역시 정선고(鄭仙姑)의 글귀에 있는 '솥도 그릇도 이미다 깨져버렸다〔鼎器以敗之〕'는 말을 외면서 탄식할 뿐이니 어찌 서글픈 일이 아닌가?

동지(同知) 심대해(沈大瀣)는 청송(靑松) 사람이다. 젊었을 때부터 도(道)를 좋아하여 항상 입으로 외는 것이 황정(黃庭)·옥추(玉樞)[1]의 경문(經文)이었다.

밤이면 고요한 정자에서 향을 피우고 북두칠성(北斗七星)을 향해서 오랫동안 절을 하면 때때로 이상한 향기가 풍겨 왔다는 것이다. 어느날 저녁, 동자(童子) 두 사람이 푸른 옷을 입고 뜰 밑에 와서 오락가락하고 있다. 마음이 하도 이상하여 집안 사람에게 이 이야기를 하였더니 그 다음날부터는 그 청의동자(靑衣童子)가 다시는 눈앞에 나타나지 않았다.

이런 일이 있은 후로 자기도 역시 세상 일에 얽매어 그 도에 대한 연구를 더 계속하지 못하고 말았다. 그러나 항상 그는 말하기를,

---

1) 경문 이름들.

"내가 그 도를 수련하는 데 있어 마귀를 제어하지 못하고 마침내 세상의 티끌 그물 속에 떨어지고 말았으니 이것이 나의 평생 한이 된다."
고 하였다. 그는 나이 88세에 죽었다. 심씨(沈氏)는 곧 김감사 징지(金監司 澄之)의 이모부이다. 김감사가 나에게 그에 대한 이야기를 자세히 해주었기 때문에 여기에 기록하는 것이다.

또 은풍현(殷豊縣)에 사는 효산(孝山)이란 자의 손녀는 젊었을 때. 들판을 걸어가다가 이상한 풀을 보고 이것을 뽑아 먹었는데, 그 뒤로부터는 아무 것도 먹지 않아도 배가 고프지 않았다. 그래서 그는 날마다 냉수만 마실 뿐, 아무 것도 입에 대지 않을 뿐만 아니라, 숭늉 역시 먹지 않았다.

숭늉까지 먹지 않는 것은 숭늉에서 풍기는 곡식 냄새가 싫었다는 것이다. 이러게 아무 것도 먹지 않았건만 얼굴의 윤택한 빛은 조금도 변하지 않고 걸음걸이는 나는 듯하였다고 한다. 그러니 만일 심동지(沈同知)로 하여금 그 공부를 마치게 하였더라면 그 수명이 어찌 88세에 그칠 뿐이며, 또 은풍(殷風) 땅 여자가 능히 선도(仙道)를 닦았더라면 백일비승(白日飛昇)[2]이 무엇이 어려웠으랴?

옛날 진희이(陳希夷)가 전약수(錢若水)의 일을 마의도인(麻衣道人)에게 물었다.

"저 사람도 신선의 인연이 있습니까?"

도인(道人)은 오랫동안 약수(若水)를 보다가 말하기를,

"저 사람은 공부해 봐야 되지 않을 것이오."

---

2) 멀쩡한 날에 하늘로 올라감.

하고 대답하였다 한다. 이것으로 본다면, 신선이란 역시 분고(分
囿)가 있기 때문에 힘만 가지고서는 이루어지지 못하는 것이다.

　우복(愚伏) 정경세(鄭經世)[1]는 상주 사람이다. 일찍이 과거를
보려고 서울로 가는 길에 단양(丹陽)을 지나가게 되었다. 밤이
되자 그는 길을 잃고 산 속으로 10리를 넘게 걸어갔지만 길은
점점 좁아지고 소나무와 전나무가 하늘에 닿을 듯이 높게 치솟
아 있어 갈 바를 모를 지경이었다.
　이때 그의 눈에는 오두막집 하나가 먼 숲 속에 어렴풋이 보였
다. 그 집을 찾아가서 싸리문을 두드렸으나 집안은 적적한 채
사람의 기척이 나지 않는다. 집을 한 바퀴 돌아 창문을 찾아가
지고 들여다보니 방 안에는 한 노인이 외로이 앉아서 등불을 밝
히고 글을 보고 있는데, 얼굴이 청수(淸秀)해 보이므로 우복은
창문을 밀치고 안으로 들어섰다. 노인은 불의의 손님을 보자 책
을 덮고 묻는다.
　"그대는 어디로 가는 손님이기에 깊은 밤에 여기까지 왔소?"
　우복은 자기의 경로를 다 이야기하고 나서 지금 자기는 배가
고프다고 말하였다. 노인은 그 말을 듣자 말한다.
　"이렇게 깊은 산중에 무슨 먹을 것이 있겠소?"
　말을 마치자 노인은 전대 속에서 둥그런 떡 한 쪽을 내어준
다. 우복이 그 떡을 받아서 먹어 보니, 그 떡은 달콤하고 향기
가 있어 마치 잣[栢]과 비슷한데 무엇으로 만들었는지 알 수 없
다. 그러나 우복은 그 떡 한 개를 반도 못 먹어서 배가 불러서

---

[1] 조선 인조 때 문신. 자는 경임, 우복은 그의 호. 이조판서와 대제학을 겸했고, 성리학에
　 밝고 예론에도 밝았음.

마음에 몹시 이상하게 여겨 다시 묻는다.

"노인장의 얼굴 모습이 범상치 않으신데 어찌 당세에 이름을 나타내서 썩지 않는 사업을 하지 않고서 이런 적막한 골짜기 속에 숨어 초목과 함께 썩어 없어지려 하십니까?"

노인은 이 말을 듣자 말한다.

"그대가 말하는 썩지 않는 일이란 덕을 세우고 공을 나타내며 이름을 드날린다는 것이요?"

우복은 그저,

"그렇습니다."

하고 대답한다. 이에 노인은 웃으면서 다시 말한다.

"세상에서 덕을 세우기로는 공자와 맹자보다 더 높은 이가 없고, 공을 나타내기로는 관중(管中)[2] · 안자(晏子)[3]보다 더한 이가 없지 않게소? 그러나 오늘날에 보면 그드의 뼈는 이미 썩어 없어졌고 이름만 남아 있을 뿐이요, 그런데도 이것을 감히 썩지 않는다고 말할 수 있겠소? 하물며 문장이란 한 소기(小技)에 지나지 않는 것이오. 사마천(司馬遷) · 반고(班固)로부터 내려오면서 문장을 하였다는 자가 수없이 많지만, 그들은 마치 가을 이슬에 우는 귀뚜라미나 나뭇가지에서 지저귀는 새가 여러 가지 곱고 아리따운 빛과 태도를 잠시 동안 자랑하다가 봄빛이 지나가고 서리와 눈이 내리게 되면 그 재잘거리던 아름답던 소리가 자연히 들리지 않는 것과 마찬가지이니 또한 슬픈 일이 아니오? 내가 생각하는 썩지 않는 것은 그대가 생각하는 것과는 판이한 것이오."

---

2) 춘추 시대 제나라의 현신. 자는 이오. 환공을 도와 제후의 패자가 되게 함.
3) 춘추 시대 제나라의 명신. 이름은 영, 자는 평중. 제나라의 영공을 도와 재상이 됨.

우복은 정중히 묻는다.

"노인장께서 썩지 않는 것이라고 생각하는 것은 무엇입니까?"

노인은 대답한다.

"풀과 나무도 썩어 버리는 것은 사람과 마찬가지요. 대체 무슨 물건이든지 썩어 없어진다는 것은 모두 죽는 데서 생기는 것이오. 만일 무슨 물건이든지 죽지 않을 수가 있다면 어찌 썩어 없어질 이치가 있겠소?"

우복은 또 묻는다.

"세상에 참으로 죽지 않는 이치가 있을 수 있습니까?"

노인은 대답한다.

"있구말구요. 그것은 마치 속담에 말한, '그대가 밤길을 가보지 않았으면 길거리에 밤길 걷는 사람을 어떻게 알 수가 있겠는가?' 하는 말과 마찬가지요. 오늘날 그래도 죽지 않는 자를 만나 보지 못하였다면 또한 이 산골짜기 속에 죽지 않는 자가 살고 있는 것을 볼 수가 있었겠소? 만일 법도대로 마음의 불을 운용하여 천 일 동안의 공부를 끝내게 되면 능히 자기의 수를 늘리고 대낮에 하늘 위를 날아갈 수가 있는 것이오. 또 만일 얼굴에 티끌 형상을 벗지 못해서 일부러 죽어 간다고 해도 장사 지낸 뒤에 천 백년이 지나도록 온 뼈가 썩어 없어지지 않고 얼굴빛이 살아 있는 사람과 같이 되었다가 기한이 찬 뒤에 무덤을 깨뜨리고 날아오게 될 것이니, 이것이 이른바 태음(太陰)[1]으로 얼굴을 단련한다는 것이오. 이 법을 능히 이룰 수가 있다면 온

---

1) 음기뿐이고, 양기라고는 조금도 없는 상태.

세계를 벗어나서 천백번을 지나도 혼자서만 있게 된다는 것이오. 이것이 바로 내가 말하는 썩지 않는다는 그것이오. 이것이 어찌 그대가 말하는 이미 다 썩어빠진 사람에게 가서 썩지 않기를 구하는 것과 같겠소?"

우복은 노인에게 절을 하고 나서 말한다.

"과연 노인께서 가르치시는 말씀과 같다면 한번 배워 보고 싶습니다."

노인은 우복의 얼굴을 한참 동안 바라보다가 말한다,

"그대는 아직 선인(仙人)의 골격이 이루어지지 못하였기 때문에 배워도 되지 않을 것이오."

말을 끊었다가 다시 계속한다.

"그대는 올해 과거에 급제할 거이나 평생에 세 번이나 옥살이를 면치 못할 것이오. 그러나 걱정할 것은 없소. 이 뒤로 7년만 있으면 국가에 큰 난리가 있어서 만백성은 어육[2]이 될 것이고, 또 그 뒤로 33년을 지내면 큰 도둑이 서쪽에서 일어나 도성을 지키지 못하고 종묘와 사직이 거의 없어지게 될 것이오. 이것을 그대는 모두 친히 겪을 것이오."

말을 끊고 노인은 얼굴을 찌푸리면서 다시 말한다.

"이 뒤로부터는 천하 일을 그대로 알 수가 있을 것이오."

우복은 노인을 향하여,

"부디 그 뒷세상 이야기를 들려 주십시오."

하고 간청해 봤다. 그러나 노인은 말하기를,

"내가 말하지 않아도 그대 자신이 알 것이니 구태여 내게 물

---

2) 짓밟고 으깨어 아주 결단을 냄.

을 필요가 없소."
하고 완강히 거절하는 것이다. 하는 수 없이 우복은 그 노인의 성명을 물어 보았다. 그러나 노인은 대답한다.

"나는 어렸을 적에 부모를 잃었기 때문에 성명을 알 수가 없고."

밤이 이미 깊었다. 우복은 노독(路毒)이 심하여 잠자리에 들어갔다가 새벽에 깨어 보니 노인은 어디론가 가버리고 자취도 찾을 길이 없다. 우복은 이상히 생각하여 그 집 안에 있는 딴 사람에게 노인의 종적을 물어 보았다. 그러나 식구들의 대답은 이러하다.

"이 집은 우리가 사는 집이고 그 노인은 유생원(柳生員)이라고 하는데, 평소에 여러 절간을 떠돌아다니다가 이곳을 지나게 되면 산수(山水)가 깨끗한 것을 사랑하여 며칠씩 머물다 가지요. 그러나 무엇을 먹는지 식사하는 것을 볼 수가 없건만 산길 올라가는 것을 보면 마치 날아가는 것과 마찬가지지요."

우복은 듣고 나자 멍한 것이 무엇을 잃어버린 사람과 같았다. 우복은 그 해에 과연 과거에 급제하였으니 이때는 바로 만력(萬曆) 14년[1] 병술(丙戌)년이었다.

그 뒤 임진(壬辰)년에 과연 왜적이 크게 난리를 일으켰고, 갑자(甲子)년에 이괄(李适)의 군사가 서울에 들어왔으며, 병자년에 건주(建州)의 오랑캐가 우리 나라를 침략하였고, 또 그 뒤 갑신(甲申)년 3월에는 명(明)나라가 망해 버렸다.

우복이 일찍이 이진길(李震吉)의 사건으로 잡혀서 문초를 당

---

1) 1589년.

한 후에 또 김직재(金直哉)의 사건에 연루되어 영외(嶺外)에서 구속을 당하였다. 또 김몽호(金夢虎)의 당론에 간여하였다 해서 강릉에 잡혀가 1년 만에 놓여 왔으니, 그중에 한 가지도 노인이 하던 말과 틀린 것이 없었다. 우복의 시에 이런 것이 있다.

'내 매양 운명의 세 가지 불행함을 슬퍼하였고, 행동에는 일곱 가지 그칠 것이 있을 뿐이리. 오랫동안 이 나라의 홍진객이 되었거니, 단양 땅 찾아 신선의도 묻고자 하네.'

영천문관(榮川文官) 유후(柳垕)는 곧 우복의 문인(門人)이었다. 그는 우리 아버지와 함께 같은 방(榜)에 과거를 보았기 때문에 정분이 두터웠다. 그는 일찍이 내 집에 들렀다가 우연히 이 사실을 이야기하면서,

"신선의 일이란 모두 허탄해서 믿을 수가 없다고 하지만, 내가 우복(愚伏)께 들은 바에 의하면 멀리 산택(山澤)에 숨어서 단술(丹術)2)을 수양함으로써 자기의 수명을 연장하고 세상 시끄러운 일을 구하지 않은 자가 어찌 저 단양(丹陽)에 있던 유생원뿐이겠는가? 세상 웃음거리가 되지 않겠는가? 우복께서 나에게 부탁하시기를 이 일을 부디 누설하지 말라고 한 까닭에, 내 오늘날까지 아무에게도 전파하지 않았던 것일세."
하였다.

함흥(咸興) 땅에 김진사(金進士)란 사람이 살고 있었다. 그는 두루 객지로 돌아다니다가 하루는 강원도 어느 벽촌에 투숙하게 되었다. 밤중에 들으니 무슨 쇳소리가 나기 시작하더니 마치

---

2) 신선이 되는 방술.

말방울 흔드는 것 같은 소리가 밤새도록 들려온다. 날이 밝자 김진사는 주인에게 물었다.

"당신 집에 길들이지 않은 말이 있소? 웬 말방울 소리가 밤새도록 나서 나는 잠을 자지 못하였소이다."

그러나 주인은 대답한다.

"그것은 말이 아니라, 우리 할아버님께서 내는 소리지요. 우리 할아버님께서는 연세가 얼마나 되셨는지 잘 알 수 없지만 짐작컨대, 아마 백 세는 훨씬 넘으셨을 것이오. 그런데 전신에 털이 나서 마치 산돼지 같은 몸뚱이가 되어 가지고, 아무것도 잡수시지 않아도 시장한 것을 느끼지 않으시며, 또 음식을 아무리 잡수셔도 조금도 배부른 것을 느끼지 않으시지요. 그리고 할아버님은 통 말씀을 할 줄 모르십니다. 항상 집에서 뛰쳐 나가시기를 좋아하는데 나가시기만 하면 어디로 가셨느지 그 가신 곳을 모르기 때문에 문고리를 채워 놓았는데 밤새도록 자물쇠를 만지면서 쇠를 끊으려고 애쓰기 때문에 그렇게 소리가 났던 것이오."

김진사가 또 묻는다.

"조부장은 어떻게 해서 그렇게 수를 하시게 되었단 말이오?"

주인이 대답하기를,

"나는 어째서 우리 할아버님이 이렇게 장수하시게 되었는지 그 연유는 전혀 모르지요."

하였다는 것이다. 옛날 월왕(越王) 구천(句踐)[1]이 회계산(會稽

---

1) 춘추 시대 월나라 임금. 오나라 왕 합려와 싸워 이를 죽였으나, 합려의 아들 부차에게 회계산에서 패해 사로잡혔다. 그러나 그는 끝끝내 뜻을 굽히지 않고 20년을 고생한 끝에 마침내 오나라를 쳐서 멸망시켰음.

山)에 있을 때의 일이다. 그는 오(吳)나라의 성(成) 땅을 요구하였더니 오왕(吳王)은 그 댓가로 기이한 문채가 놓인 이상한 나무를 구해 오라고 하였다.

이에 구천은 백성들을 시켜 깊은 산에 들어가서 10년 동안이나 구해 보게 하였지만 그런 나무는 구하지 못하고, 이로 말미암아 백성들만 기근에 빠지게 되었다. 이때 산 속에 들어갔던 백성 한 사람이 풀잎과 나무열매만 따먹고 지내더니 몽뚱이에 털이 나고 백세를 넘겨 살아도 죽지 않으므로 그대로 수백 년 동안 그 산속에 머물러 있었다 한다.

그 사람을 만나 봤다는 자의 전하는 말을 들으면, 그는 바위와 바위 사이, 나무와 나무 사이를 날아서 건너 다니는데 그 빠르기가 마치 새와 같더라는 것이다. 그래서 그의 별명을 '목객(木客)'이라고 하였다는 이야기가 있다. 이제 김진사는 만났다는 사람도 추측컨대 배고픈 것을 참고 곡식을 먹지 않다가 형체가 그렇게 변하였다니, 저 월나라의 '목객'과 같은 자가 아닐까?

두류산(頭流山) 절에 중 하나가 있었다. 겨울철이 되면 그는 항상 부엌의 불을 끄지 않고 아궁이에 장작을 지펴두고 지냈다.
그러나 밤만 되면 어느 사람이 와서 불을 뒤적거려서 꺼놓은 바람에 이튿날 아침이면 애초 불을 피우기에 몹시 애를 먹었다.
어느 날 중은 어느 사람이 와서 불을 꺼놓는가 하고 숨어서 지켜보고 있었다. 밤중이 지나자 사람같이 생긴 큰 동물이 집 위로 날아오더니 부엌으로 걸어 들어가서 불을 뒤적거리고 있는 것이다. 중은 평소에 담대한 사람이어서 조금도 겁을 내지 않고, 그 동물을 잡아 보려고 번개같이 부엌으로 뛰어 들어갔으나 그 동물은 어느 틈에 날아갔는지 잡을 수가 없었다.

다음날 중은 지붕 위에 그물을 쳐서 그 동물이 날아와 앉기만 하면 잡히도록 만들어 놓고 전날 밤과 같이 숨어서 엿보고 기다렸다. 그 육중한 체구의 동물은 과연 밤중이 지나자 날아와서 지붕 위에 앉는다. 그리하여 중이 쳐 놓은 그물에 걸려 쉽게 잡히고 말았다.

동물을 그물로 옭아서 내려놓고 보니 전신에 털이난 것만 동물과 같고 얼굴이나 전신의 구조가 모두 사람과 같다. 중은 동물을 향하여,

"너는 사람이냐? 짐승이냐? 무슨 까닭에 이런 모양을 하고 다니는 것이냐?"

하고 물었다. 동물은 무엇인가 말을 하려고 혀를 움직여 보였으나 지저귀는 소리만 날 뿐으로 말은 되지 않는다. 중은 하는 수 없어 며칠 동안을 가두어 두었다가 그대로 내보냈더니 그는 전날과 같이 바람처럼 날아가 버렸다는 이야기이다.

옛날 수(隋)나라 장수 장손성(蔣孫成)이 여산(驪山)에서 사냥을 하다가 한 여인을 만났다. 그는 전신에 털이 나 있고 나무와 나무 사이를 새처럼 날아다니고 있다. 장손성은 함정을 파서 마침내 그 여인을 사로잡고 말았다. 장손성은 그 여인을 보고,

"당신은 어디 살던 사람이며, 무엇을 하느라고 여기 와서 있소?"

하고 물어 봤다. 그 여인은 서투른 말로 대답한다.

"나는 진시황(秦始皇)[1]의 궁녀(宮女)로서 항우(項羽)가 함곡관

---

1) 진나라의 첫 임금. 성은 영, 이름은 정. 천하를 통일해서 스스로 시황제라고 일컬음.

(函谷關)²⁾에 들어오던 날 산중으로 도망해 왔지요. 그러나 산중에는 아무 것도 먹을 것이 없기로 솔잎을 따 먹고 살았더니 죽지 않고 오늘날까지 이렇게 몇백 년을 살아온 거지요."

대개 진(秦)나라 시대로부터 수(隋)나라 시대까지는 이미 천년이 넘는 연대이다. 그러니 두류산 중이 만났다는 사람도 역시 수나라 장수가 만났다는 털여자와 같은 종류인지 알 수 없는 일이다.

장령(掌令) 유진(柳縝)이 일찍이 화산(花山) 시골집에 한가히 있을 때의 일이다. 어느 날 중 하나가 문 앞으로 지나간다. 그는 중의 얼굴이 청수(淸秀)하고 나이 어린 것을 사랑하여 불러서 쉬어 가게 한 다음, 산중에서 무슨 색다른 소식이 없느냐고 물어 봤다.

소년 중은 매우 자상하게 산중 소식을 전하면서 해가 저물었으니 하룻밤 쉬어 가기를 청한다. 주인은 쾌히 이를 승낙하고 소년 중에게 묻는다.

"저 배낭 속에 들어 있는 게 무엇인가?"

소년은 웃으면서 배낭 속에서 책 한 권을 꺼내 보인다. 표지에는 '유합(類合)'이라는 두 글자가 씌어 있고, 그 속을 펴 보니 책 끝에,

'명년 정월 13일에 의주(義州)가 함몰될 것이다.'
라고 써 있는 것이 눈에 띈다. 이때는 병인(丙寅)년이다. 유공(柳公)은 몹시 괴이히 생각하여,

---

2) 관문 이름. 진나라 동쪽에 있음.

"이것은 대체 무슨 뜻인가?"
하고 정중히 물어 봤으나 소년은 모르는 체하고 대답한다.
"이 책은 우리 대사님께서 보시던 책이니, 아마 대사님이 써 놓으신 것인지 나는 알 수 없습니다."
　유공은 그 이상 더 묻지 않고 속으로 생각하기를,
　'어느 미치광이 중이 장난으로 써 놓은 것이겠지.'
하고 대수롭지 않게 여겼다. 이튿날 소년 중이 떠나갈 때 유고은 행자를 후히 주면서 후일에 다시 찾아오도록 부탁하였다. 그러나 그 소년 중은 그 후 종시 오지 않았다.
　그 이듬해인 정묘(丁卯)년 정월에 호병(胡兵)이 의주를 함락시켰으니, 날짜가 바로 13일이었다. 이것을 보자 유공은 비로소 이상하게 여기기 시작하였다.
　상서(尙書) 김시양(金時讓)[1]이 영남에 안절사(按節使)로 갔을 때 유공은 당시 청도(淸道)의 원으로 있었다.
　이때 유공은 그 소년 중의 이야기를 김상서에게 하였다. 김상서는 이 말을 듣자 말한다.
　"깊은 산이나 궁벽한 곳에는 반드시 이상한 사람들이 살고 있으나 보통 사람은 보고서도 알지 못하는 법이지."
하였다.

　옛날 팔공산(八空山)에 도승(道僧) 한 사람이 살고 있었다. 그는 연시(燕市)에서 비단 8필을 사다가 그것을 이어서 한 끝으로

---

　1) 조선 선조 때 문신. 자는 자중, 호는 하담. 팔도도원수와 사도체찰사 등을 겸임. 판춘추관사로서 《선조실록》을 개수하다가 안질로 맹인이 되어 사직함. 전적과 경사에 밝고 청백리에 뽑힘.

만들어 놓고 장륙금구(丈六金軀)²⁾를 그려서 이것으로 영정(影幀)을 삼고자 해서 그림 잘 그리는 사람을 구하려고 8도에 두루 다니기를 수년 동안 하였으나 사람을 구하지 못하였다.

마침 풍악(楓嶽)³⁾을 지나다가 거기에 이는 중을 만나서 자기의 계획을 이야기하고 크게 연회를 벌여 사람을 구하려 하였다. 그리하여 국내의 승속(僧俗)이 모두 여기에 모이게 되니 그 수효가 무려 수천 명이나 되었다. 도승이 나서서 통고하는 말이다.

"이 좌중에 그림을 잘 그리는 손님이 있거든 이리로 나오시오."

그러나 이 말을 듣고서도 어느 한 사람 선뜻 나서는 사람이 없었다. 시간이 조금 지난 다음 말석에 앉아 있던 늙은 중 하나가 나서면서 말한다.

"그 그림을 내가 그려 보겠소이다."

이리하여 도승은 그 늙은 중을 데리고 팔공산으로 돌아와서, 목욕 재계한 다음에 그림에 착수하기를 요청하였다. 그러나 그 늙은 중은 말한다.

"이 그림은 만 30일을 그려야 하며, 나 혼자 법당 안에서 나 대로 그릴 터이니 혹 문틈으로라도 들여다봐서는 안 됩니다."

말을 마친 다음 늙은 중은 법당 사면 벽을 모두 종이로 싸 발라서 틈 하나 없이 하고 오직 식사를 날라다 주는 구멍만 한 개 남겨 놓았다. 그리고 식사도 3일 만에 한 번씩 들여다 주게 하

---

2) 크기가 16자나 되는 큰 부처.
3) 금강산을 가리키는 별칭. 계절 따라 아름다운 경치를 지녀 봄에는 금강, 여름에는 봉래, 가을에는 풍악, 겨울에는 개골 등의 별칭으로 불림.

는데, 밥을 가지고 온 사람 역시 법당 안을 들여다보지 못하도록 당부하는 것이다. 이렇게 단속한 다음 그림에 착수한 지 이미 29일이 되었다. 도승은 생각하기에,
  '자기가 약속한 날짜가 이제 하루밖에 남지 않았으니 그림은 거의 다 완성되었을 테지.'
하고, 밥을 들여보내는 문틈으로 잠시 법당 안을 들여다보았다. 그러나 법당 안에서 그림을 그리던 늙은 중은 깜짝 놀라 붓을 던지면서 말하기를,
  "허허! 그림이 아직 덜 그려졌는데 이 일을 어찌 한단 말인가?"
하더니 법당 안으로부터 누런 참새 한 마리가 날아서 밥 들여보내는 구멍으로 나가 버린다. 도승은 하도 괴상해서 법당 안으로 들어가 봤다. 법당 안에는 그 노승이 그리던 부처는 다 그려졌으나 아직 발 하나가 완성되지 못하고 있다.
  이에 그 영정을 동화사(桐華寺) 법당에 걸어 놓았는데, 그 뒤로 이 지방에 수해나 한재(旱災), 괴질이 있을 때에 이 영정에 기도를 드리면 즉시 신통한 효험이 있었다 한다. 그러나 임진왜란 때에 왜적이 절을 불태워 버리고 영정만 도둑질해 가 버려서 지금은 우리 나라에 있지 않다는 이야기이다.

  유정(惟政)[1]의 호는 송운(松韻)이다. 임진년 왜란에 의병을 일으켜서 왜적을 격퇴시키고, 포로로 잡기도 많이 하였다. 이에

---

1) 조선 선조 때의 의병장. 호는 사명당, 또는 송운. 임진왜란 때 많은 전과를 올렸고, 왜장 가등청정의 진중을 세 차례나 방문해서 화의를 담판하는 동안 적정을 탐지해 왔다. 그 후 일본에 건너가 풍신수길을 만나 강화를 맺고, 우리 나라 포로 3천 500명을 인솔하고 귀국했음.

국가에서는 특별히 승장(僧將)이란 직함을 주어서 그 이름이 우리 나라는 물론이요 왜국에까지 널리 전해졌다.

　난리가 끝난 뒤에 왜적은 우리 나라에 대해서 통신하기를 요청해 왔다. 이것을 들은 온 나라 사람들은 모두 분하게 여겼지만 당시 조정에서는 이것을 빌미로 해서 또 무슨 커다란 변고나 생기지 않을까 염려하여 유정(惟政)을 왜국에 보내어 적의 실정을 탐지해 보도록 하였다.

　왜국에서는 본래부터 유정의 이름을 존중히 여겨 오던 터였다. 그리하여 그의 절개와 재주를 시험해 보고자 하여, 그를 자기 나라에 항복하라고 위협하였다. 그러나 유정은 당당하게 말한다.

　"나는 우리 임금의 명령을 받들고 이제 이웃 나라에 사신으로 왔소. 그런즉 그대들은 내 몸을 능멸히 여겨서는 안 될 것이오. 또 내 무릎은 그대들은 위해서 굽힐 수가 없소."

　이 말을 들은 왜인들은 큰 화로에 장작불을 이글이글하게 피워 놓고 유정을 보고 그 화로로 들어가라고 하였다. 그러나 유정은 안색을 조금도 변하지 않고 바로 화로를 향해서 뛰어들려고 한다. 아아! 그러나 이것이 웬일인가? 갑자기 소나기가 쏟아지면서 화로의 불이 금시에 꺼지고 마는 것이 아닌가? 왜인들은 이 광경을 보고 혀를 차면서 서로 말하기를,

　"저 사람은 신이로군!"

하고 모두 유정의 앞에 벌려 서서 절을 하는 것이다. 그리고 그들은 유정을 향하여 말한다.

　"하늘이 이같이 도와 주니 대사는 생불[2]이십니다."

---

　2) 살아 있는 여래, 즉 석존과 같은 일을 말함인데, 여기서는 대자대비한 고승을 말함.

이렇게 말하면서 그들은 유정에게 금으로 만든 의자를 주면서 앉도록 하였다 한다. 이로부터 왜인들은 유정이 변소에 갈 때에도 이 금의자로 모시고 다녔다. 관백(關白)[1]으로 있는 수길(秀吉)[2]이 유정에게 묻기를,

"그대의 나라에는 무슨 보배가 있소?"
하니 유정은,
"우리 나라에는 아무 보배도 없소."
하고 대답하였다. 수길이 또 묻기를,
"그러면 그대의 나라에서 구한 것은 무엇이오?"
하자 유정은 정중하게 대답한다.
"우리 조정에서 구하는 것은 오직 그대 관백의 머리요."

이 말을 듣자 관백은 노염을 참지 못하여 칼을 뽑아 들고 유정을 치려 한다. 그러나 유정은 태연한 안색으로 의자에 앉은 채 자리도 옮기지 않는다.

이것을 보고 관백은 그의 태연한 태도에 감탄하여 물러서면서 사과하였다. 유정이 본국으로 돌아올 때 관백이 유정에게 묻는다.

"대사가 하고 싶은 일이 있으면 무엇이라도 해드리겠으니 소원을 말해 보시오."

그러나 유정은 말한다.

"나는 본디 아무런 원하는 것이 없소. 구태여 내 소원을 말하라면 우리 나라에 있던 부처의 영정을 돌려주었으면 내가 가지고 가고 싶소이다."

---

1) 옛날 일본에서 천황을 보좌해서 정치를 집행하던 중직.
2) 임진왜란 때 일본의 관백 풍신수길.

관백은 이 말을 듣자 말한다.

"우리 나라가 아무리 작지만 그래도 좋은 보배가 많은데 하필 부처의 영정을 가져가려 하시오?"

유정은 대답한다.

"이 부처는 영험이 있기 때문에 바람을 빌면 바람이 일고, 비를 빌면 비가 오며, 모든 재앙을 물리치고 상서로운 일을 가져다주는 까닭에 내가 이제 돌려 달라는 것이오."

이 말을 듣자 관백 이하 모든 왜인들이 일제히 말한다.

"대사(大師)도 능히 바람과 비를 부르면서, 하필 부처의 영정을 돌려달라는 것은 무슨 까닭이오?"

유정은 왜인들이 그 영정을 돌려주지 않기 위하여 하는 말인 줄 알고 그 이상 더 조르지 않고 그대로 돌아오고 말았다. 그러나 이때로부터 왜적은 다시는 우리를 만만히 보지 못하였고, 지금까지도 송운의 필적을 보면 중한 값을 주고 사들여 보배로 알고 간수하고 있다 한다.

내가 젊었을 때 속리사(俗離寺)에 놀러 갔다. 중 수백 명이 양쪽으로 벌려 앉아서 서로 절하고 밥을 먹는 것을 보고 생각하기를,

'옛날 정명도(程明道)가 이른바 '삼대의 위의(威儀)가 모두 여기에 있도다' 하였다는 것이 바로 이것이로구나.'

하였다. 이 절에는 취미사 수초(翠微師 守初)라는 중이 있었다. 그는 퍽 총명하고 인품이 깨끗해서 함께 이야기할 만하므로 나는 절에 머물면서 그에게 여러 가지로 수작해 보았다. 대사는 말하기를,

"인간의 세상은 어려운 일을 견디어 내고 참아야 하는 까닭에 걱정이 많은 것이나, 저 서방(西方)은 비단 사람뿐만 아니라 새 짐승이나 벌레까지도 모두 저 난대로 즐기고 살게 되어 있습니다. 그런 까닭에 세상에서 높기는 만승(萬乘)[1]에 거하고, 부하기는 천하를 모두 차지하였다 하더라도 여기에 매달려서 한 세상을 지나가는 데 불과한 것이지요. 그러니 만약 도를 닦고 착한 일을 행한다면, 상등으로는 살아서 부처가 되어 몇만 년을 지나가도 혼자 있게 될 것이며, 하등일지라도 저 서방(西方)으로 가서 삼계(三界)[2]에 오르게 되는 것이지요. 그러나 삼가지 않아서 한 번 잘못 이도(異道)[3]에 떨어지면 온갖 벌을 받게 되는 것이니 어찌 두려운 일이 아니겠습니까?"
한다. 나는 말한다.

"대사의 말은 허황합니다 그려. 오늘날 부처를 배우는 자들이 부처의 마음은 행하지 않고 부처의 자취만 행하는 때문에, 입으로는 자비를 이야기하면서도 행동은 장사치의 행동과 같으니 이렇게 하고서야 어찌 고해(苦海)를 넘어 극락으로 갈 수가 있겠소?"

대사는 다시 말한다.

"그대가 나를 조롱하는 것은 괜찮소마는 내가 보기에 오늘날 선비라는 사람들은 가슴에는 양주(楊朱)[4]와 묵적(墨翟)[5]의 마음

---

1) 천자(天子)를 말함.
2) 삼천세계의 줄인 말. 과거 · 현재 · 미래의 삼세, 또는 욕계 · 색계 · 무색계를 이름.
3) 서로 같지 않은 길. 곧 주장이 다른 학설.
4) 중국 전국 시대의 사상가. 극단의 이기주의자. 개인주의를 제창해서 묵적의 겸애설과 대립했음.
5) 전국 시대 노나라 사람. 겸애의 설을 주장함. 당시 유가와 병칭해서 유묵이라고 일컬음.

을 품고 있으면서 입으로만 주공(周公)과 공자(孔子)를 지껄이고 있어, 자기 자신을 속이고 남도 속이는 사람들이 거의 전부인 듯싶소이다. 이러고서도 과연 하늘이 두렵지 않고 땅이 부끄럽지 않다 하겠소?"

나는 여기에 대답한다.

"선비로서 도덕을 품고 세상에 숨어 있는 자가 없지는 않으나 그중에서도 정대한 선비를 보려면 마땅히 실지면에서 구해야 할 것이오."

대사는 이 말을 듣자 빙그레 웃으면서 말한다.

"그것은 비단 선비만 그러할 뿐이 아니라, 중들도 역시 그런 면에 있어서는 마찬가지지요."

말을 마치자 대사는 글 한 수를 지어 나에게 준다.

'나의 도는 마음 닦는 것, 귀하다면서 헛되이 묵은 책만 괴롭게 찾네. 고요한 법문에 모든 잡념 버리고서 초연히 높이 앉음이 차라리 낫지.'

여기에 말한 거래금(去來今)이란, 즉 지난 세상〔去世〕, 앞으로 오는 세상〔來世〕, 현재의 세상〔今世〕을 모두 말하는 것이다. 불가(佛家)의 서적이 유가(儒家)의 서적에 비하면 갑절이 넘는다. 그러나 우리 나라에 반포된 책은 퍽 적은 편이다.

합천 해인사(海印寺)에만 팔만대장경의 판본(版本)이 있는데, 장판각(藏版閣)이 60여 간이나 되며, 삭령(朔寧) 용복사(龍腹寺)에도 일곱 간으로 된 장판각이 있다. 세상에 전하는 팔만대장경은 신라 시대에 임금의 명령으로 각판(刻板)에 칠까지 하였다. 그러나 우리 나라에는 종이가 많지 못한 까닭에 그 출판이 어려웠던 것이다.

이것을 유정(惟政)이 한 질(帙)을 박아서 해인사의 무설전(無說殿)에 간수해 두었다 한다. 세상에 전하기를 옛날에 중 하나가 있었는데 그는 상좌중 하나를 데리고 한 고을에 당도하였다.

그는 개울 하나를 만나자 거기에 다리가 있는데도 다리로 건너지 않고 물 속으로 들어서서 옷을 걷고 건너가자고 한다. 상좌중은 이상하다고 생각하고 중에게 묻는다.

"스님께서는 무엇 때문에 여기 다리가 있는데도 물 속으로 건너가려 하십니까?"

이에 중은 대답한다.

"너는 모르는 말이다. 이 다리를 이룩할 때에 화주(化主)[1]라는 자가 다리를 이룩한다 칭탁하고 돈과 곡식을 많이 모아가지곤 그것을 태반이나 자기의 사용에 써 버리고 조금 남은 것으로 이 다리를 이룩한 것이다. 그런 까닭으로 그는 죄를 받고 죽은 뒤에 괴상한 짐승으로 변화되어 이 다리를 지키고 있는 것이다. 네가 그 짐승을 보고 싶어 한다면 내가 그 짐승을 여기 나타나게 해주리라."

중이 말을 마치고 《능엄경(楞嚴經)》[2] 한 편을 외자, 조금 있으려니 한 대망(大蟒)[3]이 다리 밑에서 꿈틀거리면서 나오더니 다리 위에 허리를 걸치고 누웠는데 그 길이가 두 길이나 된다.

그뿐만 아니라, 그 뱀의 좌우에는 작은 뱀 여러 마리가 따라 나와서 그 곁에 머리를 마주 대고 있는 것이다. 상좌 중이 묻는다.

---

1) 집집이 다니면서 시물을 얻어 부처와 인연을 맺어 주고 절의 양식을 대 주는 중.
2) 불경의 한 가지.
3) 큰 뱀을 이름.

"저 작은 뱀은 무엇 때문에 나와 있는 것입니까?"
중은 대답하기를,
"저것 역시 이 다리를 놓을 때에 돈과 곡식을 중간에서 운반한다 핑계하고 도둑질해 먹은 자들이 저런 보복을 당하고 있는 것이다."
한다. 상좌 중은 이 말을 듣자 경탄하기를 마지않으면서 합장(合掌)하고 다시 묻는다.
"스님께서 장차 무슨 도술을 써서 저 뱀들을 되돌려 보내시렵니까?"
중은 태연히 대답한다.
"만일 수륙(水陸)[4]을 여기에 설비할 수가 있다면 그 현신(現身)을 이 개울가에 불살라 버리겠다."
상좌 중이 흔연히 말한다.
"그렇게만 하실 수 있다면 제가 당장에 정성껏 준비해 보겠습니다."
이리하여 상좌중은 그 다릿가에 제물을 설비하고 재(齋)를 올리게 되었다. 3일 3야를 재를 올리면서 장작불을 놓고 있으려니 큰 뱀이 다리에서 내려와 그 화염(火炎) 속으로 들어가 꼿꼿이 선다. 이것을 보자 작은 뱀들도 큰 뱀이 하는 대로 불 속으로 기어 들어가서 서는 것이다. 이리하여 뱀들은 모두 불 속으로 저들이 스스로 들어가 타 죽고 말았다.
이 광경을 구경하기 위하여 다리를 둘러싸고 모여든 사람들은 모두 경탄하기를 마지않았다 한다. 나는 이 이야기를 듣고

---

4) 수륙재를 말함. 불가에서 수륙의 잡귀를 공양하는 법회.

말하였다.

이런 이야기는 비록 허탄한 데 가깝기는 하지만 물욕을 탐하는 자에 대한 경계는 될 수 있다고 하겠다.

옛날 송(宋)나라 때 이정(李靖)[1]이 말하기를,

'만일 천당이란 것이 없다면 모르거니와 실제로 있다면 소인(小人)이 들어갈 것이다.'

하였다. 과연 세상에 보답되는 이치가 있다면 저 탐관오리들은 죽어서 캄캄한 창고 속에 있는 뱀이 되지 않을 자가 없을 것이다.

상고해 보건대 《독이지(獨異志)》에 말하기를, 중 현장(玄藏)은 속성은 진씨(陳氏)이며 언사현(偃師縣) 사람이다. 어릴 때부터 총명하고 조행(操行)이 있었다.

광무(廣武) 시대에 그는 서역(西域) 땅에 들어가서 불경(佛經)을 얻으려고 계빈국(罽賓國)에 이르렀다. 그 곳은 길이 험하고, 더욱이 범이 많은 때문에 그 곳을 지나갈 도리가 없었다.

현장은 방문을 걸어 잠그고 종일 앉아 있다가 해가 저물 무렵에야 문을 열어 보았더니 거기에는 이상한 중 하나가 보이는 것이다. 그는 하얀 머리에 옷에는 피가 엉겨 있는 몸으로 의자에 앉아 있는데, 무슨 까닭으로 와 있는 것인지 알 수가 없다. 현장이 그 중에게 절을 하고 청하는 말이다.

"스님은 나를 무사히 이 험한 산길을 지나갈 수 있게 해주시오."

---

[1] 중국 당나라 때의 중. 628년 서역을 거쳐 인도로 여행했음. 17년 후 경전 657부를 가지고 돌아와 646년 여행 견문기 《대당서역기》를 씀.

그 중은 이 말을 듣자《다심경(多心經)》1권을 품속에서 꺼내어 외면서 현장에게 말한다.
"이 산길을 무사히 가고 싶거든《다심경》을 외면서 걸어가시오."
현장은 중이 시키는 대로《다심경》경문(經文)을 외면서 길을 걸었더니 험한 산길이 평탄한 대로로 변하고 먼 앞길이 활짝 열리는 것이다. 범도 마귀도 그의 앞에는 나타나지 않았다.
그리하여 그는 불국(佛國)에 도착해서 불경(佛經) 600권을 얻어 가지고 무사히 돌아왔다. 그는 그 후로부터 그《다심경》을 계속하여 외었다는 것이다.
세상에 전하는《서유기(西遊記)》[2]에 말하기를, 불교가 종번(宗藩)[3]에게서 나왔다고 한 것은 곧 현장이 불경을 얻어 온 이야기를 부언해서 쓴 것으로서, 다만 이것을 수련하는 방법을 여러 갈래로 늘어놓았을 뿐이다.
옛 사람이 잔나비 임금과 같이 앉았다 하는 것은 곧 자기 몸을 단련한다는 뜻이며, 또 늙은 할아버지의 궁(宮)에서 약을 훔친다고 하는 것은 곧 서주(黍珠)를 먹는다는 뜻이다.
또 천궁(天宮)에서 크게 요란하다 하는 것은 즉 생각을 단련한다는 뜻이며, 스님을 모시고 서쪽으로 간다고 하는 것은 곧 하수(河水)에 수레를 운반한다는 뜻이며, 불타는 산에 붉은 어린애라 한 것은 곧 마음씨라는 뜻이며, 흑수하(黑水河)·통천하

---

2) 중국 원나라 초년에 도사 장춘진인 구처기가 칭기즈 칸에게 불려가, 그의 고향인 산동성으로부터 다시 칭기즈 칸의 거주지인 서역까지 가는 동안의 견문을 그의 제자인 이지상이 기록한 소설.
3) 불도 일족 자제에게 봉해 준 사람의 이름.

(通天河)라고 하는 것은 곧 퇴부후(退符候)라는 뜻이다.

  서쪽에 갔다가 동쪽으로 돌아온다고 하는 것은, 즉 서쪽에 있는 범이 동쪽에 있는 용과 사귄다는 뜻이며 하루 동안에 서쪽 10만 리를 돈다고 하는 것은 즉 하늘의 도수를 한 시간에 계산할 수가 있다는 뜻이다.

  이런 이야기는 지루하고 허탄해서 도저히 엄숙하게 들리지 않는데, 그 까닭은 이것이 모두 단결(丹訣)에서 말을 빌어 만든 것이기 때문이다.

작품 해설

　조선 효종 때 학자 홍만종이 지은 수상록이다.
　작자 홍만종은 풍산 홍씨로 자는 우해, 호는 현묵자이다. 그는 고착된 중국 중심 사상에서 탈피하여 비교적 자유로운 사고 속에서 지낸 인물이다. 그가 15일〔旬五〕사이에 썼다는 데서 책제목을 《순오지》라 했다고 함은 자신이 그 서문에서 밝히고 있으나, 또한 선가의 영향에서 순오를 책제목으로 받아들였다고도 볼 수 있다.
　작자에 대해서는 정확한 기록이 없으므로 대체로 미루어 알 뿐이다. 그와 친분이 있었던 동명 정두경(1597~1673)과 백곡 김득신(1604~1679)과의 교유에서, 또 기미(1673)년에 썼다는 김득신의 서문으로 저자의 생존기를 대략 짐작할 수 있다.
　그의 저서로는 《순오지》를 비롯하여 《역대총목》·《시화총림》·《소화시평》·《해동이적》 등이 있다. 이런 책제목만 보더라도 홍만종이 역사에 대한 이해와 시평에 흥취를 지니고 있었음을 알 수 있다.

지금 볼 수 있는 《순오지》는 단문으로 엮은 상하 2권본으로 상권에서 약 30편, 하권에서 약 20편의 얘기를 초록했다. 상권 끝머리의 태백진인의 얘기와 하권 끝머리의 속담에 관한 얘기가 이 책에서는 장편으로 각기 각 권의 4분의 1쯤의 양을 차지하고 있다.

이 초기된 단문은 역사 의식에서 먼저 주변 이민족의 침략을 주시했고, 고사평(古史評)에서는 합리적인 문헌실어(文獻實語)의 정신을 지니려고 노력했으며, 그 결과 문헌의 희소·궁핍을 탄식했다. 대중국 주체론에서는 중간적 문화 의식의 비평을 보이고 있고, 속담의 이해에서는 서민 의식을 추구했다. 그리고 신선 사상이라곤 하지만, 홍만종은 보다 서민층에 기반을 둔 조선의 전통적 사상을 폭넓게 문제삼고 있다.

이런 태도는 그의 비판 정신에 기인한다. 고사평에서 단군 문제를 권두에 들어 신라 박혁거세의 얘기를 앞에 내세우고 제왕이 일어날 때 기이한 일이 생기는 것은 일반적으로 고사에서 흔히 볼 수 있는 통례로 처리했다. 또한 단군을 우리 동방의 시조로 못박고, 옛 전기와 자신이 전문한 것을 종합 정리한다는 긍정적인 태도를 보이고 있다.

여기에 정두경의 단군묘시(檀君廟時)를 덧붙여 적으면서, 또 자기 아버지의 단군시(檀君詩)도 함께 실었다. 홍만종이 《순오지》에서 단군을 고사의 시초로 다루었지만 이러한 생각은 이 무렵 일부 지식인들의 고사에 대한 같은 인식이었던 것으로 여겨진다. 숙종 초기의 이와 같은 정신 풍토는 숙종 2(1676)년에 북애노인의 《규원사화》와 때를 같이 하는 데서도 재고해 볼 만하다. 홍만종이 북애노인과 같은 때, 자기 의식에서 고대 세계를 합리적으로 보려고 노력했고, 풍수·신선·불교 사상을 치우치지 않게 역사의 사실로 보려는 데서 원래의 정신을 제대로 찾으려고 노력한 흔적을 역력히 남겼다. 그것은 단군에 관한 기사를 되풀이하고 있으며, 하권에서 《해동이적전》의 내용을 간단하게나마 적은 데서도 보인다.

홍만종이 간단히 정리한 것만으로 그가 이적전에서의 구상은, 고사에 흐르는 단일화된 조선사의 정신적인 주축을 신선 사상의 틀에서 잡으려고 노력했다. 이와 같은 구상이 오늘에 와서 긍정적인 면에서 재검토할 것이지만, 우리 전통의 재발견이라고 하더라도 숙종 초기 주자학 지상주의 사회였던 당시로서는 확실히 중요한 도전이었다.

이와 같은 정신은 홍만종의 주변에만 흐르고 있었던 것이 아니었다. 오히려 시대적인 정신으로, 당시 사회 안에서 이 정신은 흐르고 있었다. 유형원에서 이익으로, 성호 문하의 안정복의 《동사강목》으로 전개되는 동국사의 고정적·합리적 이해는 당시 사회에 자기 인식의 새로운 자극이 되었다. 홍만종은 신선 정신을 현실적으로 이루려고 노력하며 이에 상응하는 서민의식을 속담에서 추구하는데, 그는 속담에서 현실 비판을 꾀해, 그 속에서 당시 사회가 원하는 윤리 정신을 구축하려고 노력했다.

끝으로 근세 선비들이라면 누구나 생각했던 관리의 청백리 정신도 함께 생각해 보는 것 등,《순오지》는 재미있는 얘기이면서 거기에 그치지 않고, 그때의 세상일들을 전면적으로 비판하면서 주체인 '나'의 재발견, 국가적으로는 역사의 바른 인식에서 중간적인 일체의 의식을 비판하고 있다.
  여기에서 볼 수 있는 여러 이야기는 우리 주변에서 구전되어 들어온 것이지만, 단순히 흥미에 그쳤던 것이 하나의 책으로 모아지고 정리된 것이다. 시대적으로 사회 속의 자기를 재발견하자는 의식에서 가려 뽑고 모아서 실은 것을 볼 때, 작자 홍만종의 선구자적 시대 정신은 다시 한번 높이 평가해 줄 가치가 있다.

┃구 인 환┃
서울대학교 사범대학 국어교육과 졸업
서울대학원 대학원 국어국문과 수료(문학 박사)
서울대학교 사범대학 교수
국어국문학회 대표이사 및
한국소설가협회 이사
문학과문학교육연구소 소장
서울대학교 명예교수

판	권
본	사
소	유

우리 고전 다시 읽기
순오지

초판 1쇄 발행   2003년 3월 25일
초판 7쇄 발행   2014년 12월 22일

엮은이   구 인 환
지은이   홍 만 종
펴낸이   신 원 영
펴낸곳   (주)신원문화사

주　　소   서울시 영등포구 당산동 121-245 신원빌딩 3층
전　　화   3664-2131~4
팩　　스   3664-2130
출판등록   1976년 9월 16일 제5-68호

* 잘못된 책은 바꾸어 드립니다.

ISBN 89-359-1099-6 03810